AF346723

CATALOGUE

DES

LIVRES RARES ET PRÉCIEUX

Sur le Blason, la Noblesse et la Généalogie

D'ENVIRON **100,000** SCEAUX ET CACHETS EN CIRE
ANCIENS DU MOYEN AGE JUSQU'A NOS JOURS

ET DES OUVRAGES A FIGURES

Du cabinet de feu M. Georges DE KOCH

Ancien Chef de division au ministère de Brunswick
Chevalier de nombreux Ordres

*Dont la Vente se fera le jeudi 30 janvier 1862, et jours suivants
à 7 heures précises du soir,*

Rue des Bons-Enfants, N° 28, Salle du premier

(Prix : 50 centimes)

PARIS

LIBRAIRIE TROSS

RUE NEUVE-DES-PETITS-CHAMPS, 5, ET PASSAGE DES DEUX-PAVILLONS, 8

1862

Lettres écrites de la Vendée à M. Anatole de Montaiglon par Benjamin Fillon. *Imprimerie de Pierre Robuchon, à Fontenay-le-Comte,* 1861, gr. in-8, papier vergé, fig. br.   8 »

Tiré à 120 exemplaires dont 85 destinés à la librairie.

Les pages 1 à 37 de ces pièces *inédites* contiennent des renseignements sur Pélerin (Viator). — La suite contient des documents importants sur Bernard Palissy et sa fabrication de faïences, et sur beaucoup d'autres artistes et personnes célèbres de la Vendée, ainsi que beaucoup de documents sur l'histoire des Arts dans toute la France. — La Galerie de famille du Parc Soubise. — La Maison aux piliers de la place de Grève (à Paris). — Hugues Pied-d'Oie, peintre de saint Louis. — Pièces sur Voltaire. — Anne de Parthenay, protectrice de Palissy. — Lettres de Louis XI relatives à l'achat d'Argenton par Philippe de Commynes, etc.

Notice historique et bibliographique sur Jean Pélerin, dit le Viateur, chanoine de Toul, et sur son livre *De artificiali perspectiva,* par A. de MONTAIGLON. *Paris,* 1861, in-8. 2 pl. de fac-sim. rel. en toile.   10 »

Exemplaire en papier vergé, tiré à 200 exemplaires.
Le tirage en papier vélin, sans planches, est épuisé.

Les Artistes de Bourges, depuis le moyen âge jusqu'à la Révolution, par M. le baron de Girardot. *Paris,* 1861, in-8, pap. de Holl., planche, br.   5 »

Tirage à part de la curieuse monographie qui a été publiée dans les Archives de l'art français. *Tiré à très petit nombre.*

4421 — Paris, imprimerie de Ch Jouaust, rue Saint-Honoré, 338.

ORDRE DES VACATIONS.

CATALOGUE

DES

LIVRES RARES ET PRÉCIEUX

Sur le Blason, la Noblesse et la Généalogie

D'ENVIRON 100,000 SCEAUX ET CACHETS EN CIRE
ANCIENS DU MOYEN AGE JUSQU'A NOS JOURS

ET DES OUVRAGES A FIGURES

Du cabinet de feu M. Georges DE KOCH

Ancien Chef de division au ministère de Brunswick
Chevalier de nombreux ordres

Dont la vente se fera le jeudi 30 janvier 1862, et jours suivants,
à 7 heures précises du soir

MAISON SILVESTRE

RUE DES BONS-ENFANTS, Nº 28

SALLE DU PREMIER

Par le ministère de Mᵉ BOULOUZE, Commissaire-Priseur, rue Olivier, nº 14

Il y aura chaque jour de vente exposition de 1 à 3 heures

PARIS

LIBRAIRIE TROSS

RUE NEUVE-DES-PETITS-CHAMPS, 5, ET PASSAGE DES DEUX-PAVILLONS, 8

1862

TABLE DES DIVISIONS.

CONDITIONS DE LA VENTE.

Les Adjudicataires payeront, en sus du prix des adjudications, cinq centimes par franc applicables aux frais.

Les Livres vendus devront être collationnés sur place dans les vingt-quatre heures. Passé ce délai, ou une fois sortis de la salle de vente, ils ne seront repris pour aucune cause.

Les articles au-dessous de 12 fr. ne seront admis à rapport que dans le cas où ils seraient incomplets par l'enlèvement de feuillet ou portion de feuillet emportant du texte. Ils ne seront pas repris pour taches, mouillures, déchirures, piqûres et autres défectuosités.

Feu M. Georges de Koch, qui occupait de son vivant une haute place au ministère de l'intérieur du duché de Brunswick, était un des généalogistes les plus instruits et les plus consciencieux.

Il était en même temps un habile dessinateur. Les armoriaux dessinés par lui qui se trouvent dans cette collection en fournissent la preuve. Ils sont, de plus, d'une grande authenticité.

Les ouvrages imprimés illustrés par lui de dessins de blasons sur les marges ne sont pas les volumes les moins curieux de la collection.

Nous n'avons choisi dans l'inventaire de feu M. de Koch que les livres sur la noblesse, le blason, la diplomatique, etc., et un certain nombre de beaux ouvrages qui ont un intérêt pour la France. Nous n'avons pas oublié sa collection unique de sceaux et de cachets en cire, presque tous originaux, de la noblesse de tous les pays, depuis le moyen âge jusqu'à nos jours.

Les restes de sa bibliothèque, ainsi que sa précieuse *collection de coquilles*, seront vendus en Allemagne.

On remarque dans le présent catalogue un certain nombre de beaux volumes et plusieurs collections rares. Nous citons quelques numéros :

Nº 4. Les Figures de la *Bible de Holbein*, Lyon, 1547, in-4. — Nº 12. Heures à l'usage *d'Amiens*, goth. en belle rel. anc. — Nº 54. *Du Fouilloux*, Vénerie, 1606 et 1607, in-4. — Nº 66. L'Art de bâtir, *de Briseux*, 1761, 2

vol. in-4. — N° 78. *Costumes*, par Bonnard, in-folio. — N° 82. Figures de
Watteau, 2 vol. in-folio. — La grande *Passion de Dürer*, avant le texte,
1510, in-folio. — N° 87. La *Galerie du Luxembourg*, 1710. Epreuves avant
les numéros, gr. in-folio, maroq. bleu à comp. (Rel. anc.) — N° 141. *Parcival und Titurel*, 1477, 2 vol. in-folio, goth., rel. en bois. — N° 143.
Valentin et Orson. Lyon, 1505, in-folio, goth., fig. en bois. — N° 171. *Le
Grand Atlas* de Blaeu, 12 vol. gr. in-folio, 1660-1663, vél. doré, bel exempl.
d'un armorial remarquable. — N° 183. Fasciculus temporum, 1480, in-folio;
le plus ancien armorial universel imprimé. — N° 232. *Pertz*, Monumenta,
15 vol. in-folio. — N° 284. Constitutiones *ordinis Velleris aurei*, 1560, in-4,
imprimé sur VELIN. — N° 299. Science des armoiries, par *Palliot*, 1660,
in-folio. — N° 348. Dictionnaire de la noblesse *de la Chesnaye des Bois*. Paris, 1770-1786, 15 vol. in-4. — N° 360. Histoire généalogique du *Père
Anselme*, Paris, 1726-1733, 9 vol. in-folio, cart. non rogn. — N° 483. *Nobiliaire de Suède*, 1764, in-folio. — N° 489. *Nobiliaire de Pologne*, 10 vol.
gr. in-8. — N° 529. Catalogus *Dan. Elzevirii*, 1681, pet. in-12, exempl.
non rogn. de l'édition originale.

Quant à la collection de sceaux et de cachets, elle est certai-
nement unique par la quantité des pièces, au nombre d'environ
100,000, dont on trouve le détail à la fin du catalogue.

C'est aussi le plus vaste et le plus authentique *Armorial
universel* que l'on ait jamais formé. Elle représente en même
temps une histoire de l'art sphragistique. Aucune collection publique ne peut lui être comparée pour le nombre des pièces.

Nous n'en disons pas davantage. Le nombre des articles con-
tenus dans ce catalogue n'est pas considérable, et les amateurs
de livres rares le parcourront avec intérêt.

CATALOGUE

DE

LIVRES RARES ET CURIEUX

Provenant de la Bibliothèque

DE FEU M. DE KOCH

DE BRUNSWICK.

I. — THÉOLOGIE, HISTOIRE ECCLÉSIASTIQUE.

1. **Biblia** sacrosancta, Testamenti Veteris et Novi, e sacra Hebræorum lingua Græcorumque fontibus consultis simul orthodoxis interpretibus religiosissime translata in sermonem latinum. *Tiguri*, 1543, in-fol., rel. en bois, ferm. et coins ciselés.

   Belles et grandes initiales formant de petits tableaux dans le genre de Holbein.

2. **Biblia**, quid in hac editione præstitum sit, vide in ea quam operi præposuimus, ad lectorem epistola. *Lutetiæ, ex officina Roberti Stephani, typographi regii*, 1545, 5 vol. in-8, réglé, v. f., fil. tr. dor.

   Imprimée en très-petits caractères. Édition avec les commentaires qui ont provoqué les poursuites contre les Estienne.

3. **La Bible**, qui est toute la sainte Écriture du Vieil et Nouveau Testament : autrement l'ancienne et la nouvelle alliance. *Genève, Berjon*, 1605, in-8, v. ant. (Rel. orig.)

   Le même volume contient les psaumes en rime française (avec la musique).

4. **Icones** Historiarum Veteris Testamenti, ad vivum expressæ, extremaque diligentia emendatiores factæ, Gallicis in expositione homœoleuticis, ac versuum ordinibus, qui pius turbati ac impares, suo numero restitutis.... *Lugduni, apud Joannem Frellonium*, 1547, pet. in-4, cart.

   Figures de la bible de HOLBEIN, très-belles épreuves, exemplaire presque non rogné.

5. **Histoire** du Vieux et du Nouveau Testament, enrichie de plus de 400 figures en taille-douce. *Amsterdam, Mortier*, 1700, 2 vol. en un, in-fol., rel. en bois, ferm.

   Collection de gravures connue sous le nom de la *Bible de Mortier*. La planche de l'Apocalypse (vol. II, p. 145) est *avant les clous*, état fort rare avec le texte français.

6. La Biblia, que es los sacros libros del viejo y nuevo Testamento, trasladado en español. *S. l. (Berne)*, 1569, 2 vol. en un, in-4, d. r.

> Première édition de la traduction de la Bible en espagnol, fort rare. Elle est à l'usage des protestants. Le Cantique des cantiques de Salomon a été fort bien traduit.

7. Le Nouveau Testament de Nostre Seigneur Jesus Christ, latin et françoys ; les deux translations traduictes du grec, respondantes l'une à l'autre verset par verset. *Lyon, G. Rouille*, 1557, in-16, v. ant., à comp. dorés, blancs et verts, tr. dor.

> Belle et riche reliure originale. La note manuscrite sur le dernier feuillet de la garde paraît être de la main de Philippe Mélanchthon.

8. Le Nouveau Testament de N.-S. Jésus-Christ, traduit en françois suivant la Vulgate. *Mons, Gaspard Migeot*, 1673, pet. in-8, réglé, mar. noir, tr. dor.

9. Raynerii Snoygondani, psalterium Davidicum paraphrasibus illustratum. *Bisunti, Rigoine*, 1687, in-12, mar. r., fil., tr. dor. (Anc. reliure.)

10. Horæ dive Virginis Marie, secundum verum usum Romanum (una cum horis conceptionis beate Marie virginis atque sanctæ Barbaræ, etc.). *Impressum Parisiis*, 1505, *opera Thilmani Kerver*, pet. in-8, initiales et ornements en or et couleurs, rel. en chagrin. (Anc. rel.)

> Beau livre d'heures imprimé en rouge et noir, *caract. ronds.* (Très-rare.) Il est orné de belles bordures et de grandes gravures en bois. Exemplaire sur VÉLIN.

11. Ces presentes Heures à lusaige de Paris au long sans reqrir : avec les figures et signes de lap ocalypse (*sic*) : la vie de Thobie et de Judic : les accidens de l'homme : le triûphe de César : les miracles Nostre Dame : *Ont este faictes à Paris pour Nicole Vostre (Calendrier de 1525 à 1545)*, pet. in-4, goth., fig. et bordures, v. (Mouillé.)

> *Heures à l'usage de Paris* non citées, avec la Danse des Morts.

12. Heures a lusaige de Amyens toutes au long sans rien reqrir. Auxquelles a esté adjouste ung calendrier côtenât maffes histoires tât anciénes que modernes, aduenues selô les jours et années depuis la creation du monde jusques à psent. *Imprimé à Paris par Jehâ Amazem, pour Magdalene Boursette, veufve de Francois Regnauld. S. d. (Calendrier de 1555—1569)*, pet. in-8, goth., v. à comp., tr. dor. (Belle et riche reliure originale à la Grolier.)

> Très-bel exemplaire d'un livre d'heures (peut-être unique) imprimé sur papier en rouge et noir, en caractères de forme, et orné d'une soixantaine de gravures en bois de la grandeur des pages. Le calendrier avec ses éphémérides et ses gravures, marquées du monogramme I. M., est fort remarquable.
> La bordure du titre contient en haut les trois croissants et en bas les DD entrelacés.
> La plus grande partie du volume est en français.

13. Heures nouvelles tirées de la Sainte Ecriture, écrites et gravées par L. Senault. *S. l., n. d.*, in-8, mar. vert, à comp. rouges, large dent., tr. dor. (Anc. rel.)

> Volume entièrement gravé et richement orné. Bel exemplaire avec des figures ajoutées.

14. Ordo B. Mar. de Mercede.... — In festo Sti Patris Petri Nolasci, ordinis B. Mariæ de mercede redemptionis captivorum. — Apparitio B. M. Virginis de mercede redemptionis captivorum. — Raymundus Nonnatus. — Petrus Paqhalius. — Omnes Sancti ordinis. — Commune Sanctorum, etc., etc. — Grand in-fol., 38 feuillets, mar. rouge, dent., tr. dor. (Anc. rel. aux armes.)

> Manuscrit sur VÉLIN, dans le genre de JARRY, exécuté en noir, rouge et bleu.

Ce beau volume est orné de *cinq gravures sur cuivre*, *tirées dans le texte manuscrit*, et peintes en miniature.

Ces cinq *gravures* sont entourées de *riches bordures de fleurs* exécutées à la main. Le missel contient encore les ornements suivants :

Sept corbeilles de fleurs, en partie de la grandeur des pages, riches peintures *en miniature*. — *Trois fleurons* composés de branches, de boutons et de fleurs. — Et *plus de cent grandes initiales* composées de roses, de jacinthes, de pensées, d'œillets, de fraises, etc.

Le manuscrit est du siècle de Louis XIV, le VÉLIN est très-pur et le volume parfaitement conservé. On remarque dans plusieurs bordures les mêmes armes qui se trouvent sur la couverture.

Il a été exécuté en Savoie.

15. L'Imitation de Notre-Seigneur Jésus-Christ, par Jean Gerson, traduite en français, en grec, en anglais, en allemand, en italien, en espagnol et en portugais (texte latin en regard); précédée d'études sur l'Imitation de N.-S. Jésus-Christ, d'un Essai sur l'auteur et d'une Notice bibliographique. Edition polyglotte publiée sous la direction de M. de Monfalcon. *Lyon*, **1841**, très-gr. in-8, cart., n. rogn.

Un des **4** exemplaires *en papier vélin rose*, publ. à **120** fr.

16. Veridicus Christianus, auct. Jo. P. David. *Antverpiæ, ex off. Plantiniana*, **1606**, titre, **100** planches avec souscriptions en latin, flamand et français, plus deux autres planches pet. in-4, mar. vert, tr. dor. (Sans aucun texte que les quatrains gravés.)

17. Le Collége de Sapience, fondé en l'université de Vertu, auquel s'est rendue escollière Magdelaine, disciple et apostle de Jésus. Autheur Frère Pierre Doré. *On les vend à Paris, en la rue S. Jehan de Beauvais*, par *Jehan de Broully*, **1540**, in-16, v. ant., tr. dor., gaufr. (Rel. orig.)

18. Instruction pastorale de Mgr. l'évêque du Puy sur l'hérésie. *Au Puy, Clet*, **1766**, in-4, mar. rouge, fil., tr. dor. (Derome.)

19. Constitutiones Societatis Jesu. *Romæ, in ædibus Societatis Jesu*, **1559**. — Literæ apostolicæ, Romæ, 1559. (Notes Mss.) — Primum ac generale examen iis omnibus qui in Soc. Jesu admitti potent, proponendum. *Romæ, in æd. Soc. Jesu*, **1558**. — Constitutiones societatis Jesu. *Romæ, in ædibus Societatis Jesu*, **1558**. — Declarationes et annotationes in constitutiones Soc. Jesu. *Romæ, in ædibus Soc. Jesu*, **1559**, pet. in-8, vél. Beaux exempl. Volume fort précieux. La première pièce contient **5** ff. et un feuillet blanc. — La seconde, **78** pages et **2** ff. blancs, avec la sign. autogr. Andreas Gerardus. — La troisième, **52** pages, plus **2** ff. blancs. — La quatrième, **150** pages, plus **4** ff. pour la table. — La cinquième, **125** pages.

Toutes ces pièces originales sont rarissimes.

20. La Morale des Jésuites, extraite fidèlement de leurs livres. *Mons*, **1669**. — La morale pratique des Jésuites, représentée en plusieurs histoires arrivées dans toutes les parties du monde. *Cologne, G. Quentel*, **1669**, **4** vol. pet. in-12, vél.

Véritable Elzevier.

21. L'Alcoran des cordeliers, tant en latin qu'en françois; nouvelle édition ornée de figures, de B. Picart. *Amsterdam*, **1734**, **2** vol. pet. in-8, vél.

22. Diese XII nürnbergische Normalbücher der christlichen bekantnus, hab ich Johan Wilhelm *Kress von Kressenstein hiemit zu der alten Kressischen Vorschickungs-Behausung. in Nurnberg zur Gedachtnus verordnet, dass hinfuro solchs bey dem Geschlecht der Kressen verbleiben solle.* **1646**, peau de tr., ferm. (Aux armes des Kress von Kressenstein.)

Cette collection factice de pièces rares sur la réforme et de gravures précieuses est remplie de notes autographes de W. Kress. La date de la reliure (1646) est la même que celle du titre écrit par Neudoerfer fils pour cette collection. Nous ne citions qu'une seule des précieuses planches ajoutées aux pièces contenues dans ce volume: c'est une superbe épreuve de la gravure représentant Mart. Luther dans la salle du château *Wartburg*, avec le monogramme W. S.

Nous ne comprenons pas comment la famille des *Kress*, si ancienne en noblesse, a pu faire sortir une pareille pièce de ses archives.

23. Delibatio Africanæ historiæ ecclesiasticæ, sive Optati milevitani libri VII ad Parmenianum de schismate Donatistarum. Victoris uticensis libri III de percusitione vandalica in Africa, cum annotationibus F. Balduini. *Parisiis, Fremy,* 1569, pet. in-8, vél.

24. Histoire de l'Eglise, depuis Jésus-Christ jusqu'à présent, dans l'Afrique, les Gaules, Constantinople et Rome; l'histoire des Albigeois, etc., par M. Basnage. *Amsterdam,* 1699, 2 vol. in-fol., v.

La meilleure édition de cette histoire estimée.

25. Tablettes chronologiques de l'état de l'Eglise en Orient et en Occident, par G. Marcel. *Amsterdam,* 1696, pet. in-8, cart., non rogn.

26. Dictionnaire historique des cultes religieux établis dans le monde, depuis son origine jusqu'à présent; augmenté des articles Congrégations religieuses, Malte (chevaliers de), Philosophie moderne, Théophilantropes, etc., etc. *Versailles, Lebel,* 1820, 4 vol. in-8, fig., br.

27. Histoire des sectes religieuses qui sont nées, se sont modifiées, se sont éteintes dans les différentes parties du globe, par M. Grégoire. *Paris,* 1827-1829, 5 vol. in-8, fig. color., d. rel.

28. Histoire de Manichée et du Manichéisme, où se trouve aussi l'histoire de Basilide..., où l'on découvre l'origine de plusieurs cultes, cérémonies, etc., qui se sont introduits dans le christianisme, par M. de Beausobre. *Amsterdam,* 1739, 2 vol. in-4, cart., non rogné.

Ouvrage fort estimé 85 fr. 50 c., Labédoyère.

29. Les Vies des Saints, composées sur ce qui nous est resté de plus authentique et de plus assuré dans leur histoire; disposées selon l'ordre des calendriers et des martyrologes; avec l'histoire de leur culte, etc. *Paris, veuve Roulland,* 1724, 4 vol. in-fol., br.

30. Menologium Cisterciense notationibu. illustratum; auctore Chr. Henriquez. *Antverpiæ, ex officina Plantiniana,* 1630, in-fol., front. grav., peau de tr., ferm.

31. Vita B. Cunegundis, regiæ Ungariæ principis, ac deinde reginæ Poloniæ et patronæ, polonico idiomate a M. Francovicz ex. var. auct. olim collecta, latinit. donata per Franc. Petrykovski. *Tyrnaviæ. typis Soc. Jesu,* 1743-1744, in-4, veau.

32. Bulle de N. T. S. Père le pape, sur la célébration du Jubilé général en la ville de Paris, avec le mandement de Mgr l'archevêque. *Paris, Morel,* 1626, pet. in-8, cart.

33. Epistolæ S. Bonifacii, archiep. Magontini et martyris, ordine chronologico dispositæ, notis et variantibus illustratæ a Steph. Alex. Wurdtwein. *Magontiaci,* 1789, in-fol., fac-sim., veau.

Rare.

34. Præstantium ac eruditorum virorum epistolæ ecclesiasticæ, quarum major pars scripta est a Jac. Arminio, C. Vorstio, J. Vossio, Hug. Grotio, Sim. Episcopio, Casp. Barlæo. *Amstelodami,* 1704, in-fol., cart., non rogn.

35. Augusta Concilii censura, hoc est Caroli Magni de imaginum cultu libri IV, cum not. ed. C. A. Heumannus. *Hanoveræ*, 1731, in-8, v. marbr.

II. — PHILOSOPHIE, DROIT, ETC.

36. **De la Sagesse**, par P. Le Charron. *Jouxte la copie imprimée à Bourdeaus, par Millanges*, 1606, pet. in-8, vél.

37. **De la Sagesse**, trois livres par Pierre Charron. *Leyde, Jean Elzevier*, 1656, pet. in-12, mar. rouge, fil., tr. dor.

38. **Recueil** de diverses pièces, sur la philosophie, la religion naturelle, l'histoire, les mathématiques, etc. par MM. Leibniz, Clarke, Newton et autres. *Amsterdam, Du Sauzet*, 1720, 2 vol. in-12, mar. rouge, riches comp., tr. dor.

39. **L'Examen** du pyrrhonisme ancien et moderne, par M. de Crousaz. *La Haye, P. de Hondt*, 1733, in-fol. v. fauve. (Aux armes.)

40. **Histoire** de l'origine et du progrès des revenus ecclésiastiques, par J. à Costa. *Francfort, F. Arnaud (à la Sphère)*, 1684. — Histoire critique de la créance et des coutumes des nations du Levant, publ. par de Moni. *Francfort, ibid., id.*, 1684, 2 vol. en un vol., pet. in-8, vél.

41. **De la Succession** du droict et prérogative de premier prince du sang de France, deferée par la loy du royaume à Monseigneur Charles, cardinal de Bourbon, par la mort de Mgr François de Valois, duc d'Anjou. *Lyon, Jean Patrasson*, 1589, pet. in-8, d.-rel.

42. **Coustumes** de la prevosté et vicomté de Paris, mises et redigées par escrit en présence des gens des trois estats de ladite preuosté et vicomté, par nous Christ. de Thou, etc. *Paris*, 1601, in-12, parch.

43. **La Coutume de Paris**. Mise en vers, avec le texte à côté. *Paris*, 1768, in-12, v. fil.

> L'auteur dit dans l'avertissement qu'il a travesti les coutumes en vers burlesques pour charmer ses ennuis d'étudiant.

44. **Tratado** de cuétas hecho por el licenciados Diego del Castillo : natural á la ciudad de Molina. En el qual se contiene que cosa es cuenta (y a quié) y como han de dar la cuenta los tutores y otros administradores de bienes agenos. *Salamanca, par Juan de Junta*, 1551, pet. in-4, goth., cart.

> Petit volume inconnu aux bibliographes.

45. **L'Homme d'Etat**, par N. Donato, avec un grand nombre d'additions, extraits des auteurs les plus célèbres qui ont écrit sur les matières politiques. *Liége*, 1767, 2 vol. en un, in-4, v. éc.

46. **Considérations** sur le gouvernement de Pologne et sur sa réformation projetée. — Discours sur l'économie politique, par J.-J. Rousseau. *Londres, Reims (Cazin)*, 1782, in-18, mar. r., fil., tr. dor., (Ancienne rel.)

47. **De la Propriété**, par A. Thiers. *Paris, Paulin*, 1848, in-8, dem.-rel., v. vert.

48. Jani Jac. Boissardi, Vesuntini de divinatione et magicis præstigiis. *Oppenhemii, typis Hier. Galleri* (1615), in-fol., cart.

> Beaux portraits de Boissard et de J. Théod. de Bry. Grand nombre de belles gravures en taille-douce gravées par ce dernier.

49. Acta Latomorum, ou Chronologie et l'histoire de la Franche-Maçonnerie, contenant les faits les plus remarquables de l'institution depuis ses temps obscurs jusques en l'année 1814. *Paris*, 1815, 2 vol. in-8, fig., d.-rel.

III. — CHASSE, ÉQUITATION, JARDINS, ETC.

50. Tractatus juridicus de arte venandi. Auct. E. T. Majero. *Tubingæ*, 1722, in-8, cart.

51. Les Édicts et ordonnances des roys, coustumes de provinces, reglemens, arrests et jugemens notables des eaues et forests (y comprise la chasse et la pêche), recueillis et divisez en trois liures par le Sr de Sainctyon. *Paris*, 1610, in-fol., cart.

> Beau frontispice représentant des scènes de chasse. Henry Le Roy fecit.

52. Jagteuffel. Bestendiger und wolgegründeter Bericht, wie ferrn die Jagten rechtmessig, durch M. C. Spangenberg. S. l., 1562, pet. in-8. goth., parch.

> Volume curieux. L'ouvrage est dirigé contre les chasseurs. L'auteur se plaît à raconter les accidents arrivés aux chasseurs.

53. Poetæ latini rei venaticæ scriptores, de aucupio, etc., cum notis variorum ed. Kempher. *Lugduni Batavor.*, 1728, in-4, v. marbr.

54. La Venerie de Jaques du Fouilloux, du pays de Gastine, en Poictou. *Paris, Angelier*, 1606. — La Fauconnerie de Jean de Franchières, avec tous les autres auteurs qui se sont peu trouver traictant de ce subject. *Paris*, 1607, 2 vol. en un, in-4, fig. en bois, vél.

55. New Jagd-und Weidwergk-Buch, c'est-à-dire : Le Nouveau livre de chasse. *Francfurt am Mayn in Verlegung Sigism. Feyerabendts*, 1582, 2 tom. en un vol. in-fol., fig. de J. Amman, rel. en bois, ferm.

> L'ouvrage le plus important qui ait paru sur la chasse et la fauconnerie au XVIe siècle. — Le même volume contient : New Jægerbuch Jacoben von Fouilloux. *Strassburg, B. Jobin*, 1590, et Wolffsjagt Joh. von Clamorgan.
> Les 3 volumes, fort rares, sont ornés de nombreuses gravures en bois, coloriées à l'époque.

56. Amusemens de la campagne, ou Nouvelles ruses innocentes qui enseignent la manière de prendre toutes sortes d'oiseaux et de bêtes à quatre pieds, par le Sr Liger. *Paris, Prudhomme*, 1734, 2 vol. pet. in-8, fig., v.

56 a. Délices de la campagne, ou les Ruses de la chasse et de la pesche. *Amsterdam*, 1732, 2 vol. in-12, fig., veau.

56 b. Lagographia. Natura leporis, quæ prisci autores et recentiores prodidere. Liber singularis collectus a M. Wolfg. Waldungo. *Ambergæ*, 1619, pet. in-4, fig. en bois, cart. (*Rare.*)

56 c. Cynographia curiosa, seu canis descriptio. Cum mantissa curiosa complectente Joh. Caji libellus de canibus britannicis, et Joh. Henr. Meibomii epistola de Kynophora. *Norimbergæ*, 1685, pet. in-4, front., grav., bas.

56 *d*. L'Art de toute sorte de chasse et de pêche. Avec celui de guérir les chevaux, les chiens et les oiseaux. *Lyon, Bruyset*, 1730, 2 vol. in-12, bas.

56 *e*. Le Ménage des champs et de la ville... suivi d'un traité de la chasse et de la pêche. *Paris, du Mesnil*, 1737, in-12, bas.

56 *f*. Album Dianæ Leporicidæ, sive Venationis Leporinæ Leges, etc. Auctore Jac. Savary, Cadomæo. *Cadomi, Leblanc*, 1655, pet. in-8, cart.

> Piqûre dans la marge du fond.

56 *g*. Les Dons des Enfans de Latone, la musique et la chasse du cerf (par de Serré de Rieux). *Paris, Prault*, 1734, in-8, 8 pl. tons de chasse de fanfares, cart. non r.

56 *h*. La Chasse, poëme... 2ᵉ édit., revue avec soin et ornée de gravures, par le comte de Chevigné. *Paris, F. Didot*, 1830, in-8, 3 pl., dem.-rel. v.

> Tiré à petit nombre.

56 *j*. Les Ruses du Braconage, mises à découvert, ou Mémoires et instructions sur la chasse et le braconage, par L. Labruyerre. *Paris, Lottin*, 1771, in-12, dem.-rel., v. ant., tr. sup. dor., non r.

> Exemplaire Veinant.

56 *k*. Le Chasseur conteur, ou les Chroniques de la chasse, etc., par E. Blaze. *Paris*, 1840, in-8. cart., non r.

> Edition originale, rare.

56 *l*. Venationes Ferarum, avium, piscium, etc., ab Ant. Tempesta. Orlandus. *Romæ*, 1602, pet. in-fol. obl., titre et 26 pl.

> Epreuves à toutes marges, sauf le titre qui est remonté.

56 *m*. Chien épagneul, gravé par Goltzius (1599). *Romæ, apud Losi*, 1773, 1 pl. in-fol. — Chasse au cerf, par Callot. 1 pl. in-fol. obl.

56 *n*. Entwurf Einiger Thiere, etc. (Animaux représentés d'après leur nature.) J. El. Ridinger inv. et sculp. *Aug. Vind.*, 1738-54, 7 parties en 1 vol. in-fol., texte et 126 pl., dos et coins de peau de tr.

> Exemplaire de 1ᵉʳ tirage. — Dans la 2ᵉ édition, le texte de la 6ᵉ partie porte la date de 1755, et les errata qui se trouvent à la fin de ce texte ont été supprimés.

56 *o*. Le Départ pour la chasse. — La Prise du Héron, gravé par Le Bas, d'après Van Falens. 2 pièces gr. colomb.

> Épreuves modernes.

56 *p*. Epagneul et chien braque en arrêt. Dessiné et gravé par Gamble. 2 pièces gr. colomb.

57. La Chasse au fusil. Ouvrage divisé en deux parties, contenant : la première, des recherches sur les armes de trait usitées pour la chasse avant l'invention des armes à feu, un détail sur ce qui concerne la fabrication des canons à fusil ; la seconde, les enseignements et connaissances nécessaires pour chasser utilement les différentes espèces de gibiers. *Paris*, 1788-1791, *Imprimerie de Monsieur*, gr. in-8, fig., v. fil., tr. dor.

> Exemplaire avec le supplément et l'addition au supplément.

58. Petri Angelii, Bargæi, de aucupio et alia. *Florentiæ, apud Juntas,* 1566, in-4, v. ant.

> Un des livres les plus rares sur la fauconnerie.

59. Traité de fauconnerie, par M. M. H. Schlegel et J. A. Verster de Wulferhorst. Ouvrage orné de planches dessinées par Sonderland, Wolf, et autres artistes. *Leyde,* 1847-1853, très-grand in-fol. dans un carton.

> Ouvrage magnifique publié au prix de 220 fr., et tiré à très-petit nombre. C'est le plus bel ouvrage sur la fauconnerie. Les planches ont été peintes avec un grand soin.

59 *bis*. Falconaria. Das ist eigent-licher Bericht und Anleytung wie man mit Falcken und andern Weydtvögeln umgehen soll. *Franckfurt,* 1617, in-4, fig., vél. (Les pages 201-208 sont en manuscrit, écriture de l'époque.)

60. Wie und wa man ein Gestut von gutten edlen Kriegsrossen aufrichten soll. *S. l.,* 1578, pet. in-fol. vél.

> Ouvrage publié par Marx Fugger, Sgr. de Kirchberg et Weissenhorn. — Il a été tiré à très-petit nombre et seulement pour les amis de l'illustre auteur, le plus grand amateur et connaisseur de chevaux de son époque. Le volume est rempli d'anecdotes historiques et intéressantes. La préface a la signature autographe de l'auteur.

61. Méthode nouvelle et invention extraordinaire pour dresser les chevaux, par le très puissant prince G. de Cavendish. *Juxte la copie à Londres, chez Th. Milbourn,* 1694. — La pratique du cavalier, par René de Menon. *Paris, Gobert,* 1619. — Thesoro del cavallo. Opera composta dal Sig. Angelo Marcone Passaro. *Napol.,* 1620, 3 vol. en un, pet. in-8, vél. cordé.

62. Salvatoris Fabri italiaenische Fechtkunst. C'est-à-dire l'art de l'escrime à l'italienne. *Leyden, J. Elzevier,* 1619, in-fol., fig. en bois au simple trait. cart. Légère piqûre dans la marge.

63. Varii lusus pueriles, ex optimis quibusdam authoribus excerpti : quibus addita est venatio, et deambulatio, et ad ludum literarium profectio. *Parisiis, L. Grandinus,* 1545, pet. in-8, cart.

64. Cy commence un tres excellent liure nomme le propriétaire des choses, traslate de latin en françoys. *Lyon, Jean Cyber,* s. d., in-fol. goth. fig. en bois, rel. en bois. Ex. presque non rogné, mais un peu mouillé.

> 7 ff. prél. pour le prologue et la table. — Édition imprimée vers 1480, et ornée de singulières gravures. L'auteur de l'ouvrage est Bartholomæus Angelicus.

65. La Théorie et pratique du jardinage, où l'on traite à fond les beaux jardins de plaisance. *Paris,* 1747, in-4, fig., veau.

> Parterres, kiosques, pavillons, etc.

66. L'Art de bâtir les maisons de campagne, où l'on traite de leur distribution, de leur construction et de leur agrément. Avec l'explication de ces projets, et les dessins de menuiserie, de serrurerie, de parterres, et d'autres ornements propres à la décoration intérieure et extérieure, par C. E. Brisseux, architecte. *Paris,* 1761, 2 vol. gr. in-4, veau.

> Bel ouvrage devenu rare.

IV. — PORTRAITS, LIVRES A FIGURES, MÉDAILLES, ETC.

67. Icones sive imagines virorum literis illustrium. Additis eorundem elogiis diversorum autorum. Ex secundo recens. Nic. Reusneri. *Argento-*

rati, B. Jobin, 1590, 100 portraits grav. en bois. — Icones, sive imagines vivæ, literis clar. virorum Italiæ, Germaniæ, Galliæ, Ungariæ, etc., cum elogiis variis per. N. Reusnerum. *Basileæ, Waldkirch*, 1559, 82 portr. — Icones aliquot clarorum virorum Germaniæ, Angliæ, Galliæ, Ungariæ, cum elogiis Th. Zwingeri. *Basileæ*, 1589, 3 vol. en un, in-8, fig. en bois, peau de tr., gaufr. (Armes.)

68. **D. Pauli Freheri** theatrum virorum eruditione clarorum a seculis aliquot ad hæc usque tempora florentium. *Norimbergæ, imp. Johannis Hofmanni, et typis hæredum A. Knorzii*, 1688, 2 vol. en un, in-fol. vél.

> Encyclopédie de 1315 portraits des XVe, XVIe et XVIIe siècles, avec les biographies des savants.

69. **Præstantium** aliquot theologorum qui Rom. Antichristum præcipue appugnarunt imagines. *Hagæ Comitum*, 1602, in-fol., v. jasp. fil.

> Bel exemplaire, ayant du reste une piqûre dans la marge du bas.
> Les beaux portraits ont le monogramme H. (Hogenbergh).

70. **Academia** nobilissimæ artis pictoriæ, sive de veris et genuinis hujusdem proprietatibus, Auct. Jo. de Sandrart. *Norimbergæ*. 1683, in-fol., fig. bas.

> Très-rare avec le texte latin. Le volume contient un grand nombre de portraits d'artistes.

71. **Abrégé** de la vie des plus fameux Peintres, avec leurs portraits gravés en taille-douce, les indications de leurs principaux ouvrages et la manière de connaître les dessins des grands maitres (par d'Argenville). *Paris, de Bure*, 1745-52, 3 vol. in-4, portraits cart., non rogn.

> Belles épreuves. Les pages 131 et 132 du troisième volume sont manuscrites.

72. **Les Héros** de la Ligue, ou la procession monacale conduite par Louis XIV, pour la conversion des protestans du royaume de France. *Paris, chez le père Peters, à l'enseigne de Louis le Grand*, 1691, in-4, v. fauve. (Premières épreuves.)

> 24 fig. gravées en manière noire. Très-bel exemplaire dans sa première reliure, avec le sonnet à la fin.

73. **Mémoires** du comte de Grammont, par le C. Antoine Hamilton. Edition ornée de LXXII portraits, gravés d'après les tableaux originaux. *Londres, Edwards, s. a.* (1792), in-4, fig. mar. r. fil., tr. dor.

> Édition recherchée à cause des portraits.

74. **Représentation** de tous les ordres réguliers et séculiers, et des ordres de chevalerie (avec explication en allemand par C. F. Schwan). *Mannheim*, 1779 et suiv. (46 part.) rel. en deux vol. in-4, fig. d. rel. (Complet.)

> Exemplaire en papier de Hollande, dont les figures ont été soigneusement coloriées.

75. **Austrasiæ reges** et duces epigrammatis per Nic. Clementem Trelæum Mozellanum descripti. *Coloniæ*, 1591, in-4, portr. cart. en feuilles.

> Volume rare, orné de 63 jolis portraits gravés par Woieriot. Exemplaire unique non rogné ni coupé.

76. **Schrenck (Jac.)** Imperatorum, regum atque archiducum principum nec non comitum, baronum, nobilium clarissimorum virorum verissimæ imagines et rerum ab ipsis gestarum descriptiones, quorum arma in Ambrasianæ arcis armamentario conspiciuntur. *Œniponti*, 1601, gr. infolio, cart. (Au commencement un peu mouillé, et les prem. planches un peu endommagées dans les marges.)

> Titre gravé, 4 ff. prél. et 126 portraits en très-belles épreuves. Ces portraits sont

en pied et représentent les armures qui se trouvaient autrefois au château d'Ambras, et qui forment aujourd'hui la belle collection au Belvédère de Vienne.

77. Patriciens de Nuremberg, in-folio. fig. et blasons cart.

83 planches gravées sur fer vers 1610. Elles sont d'une belle exécution, et fort importantes sous le rapport des costumes et des armures. Elles n'ont jamais été publiées, et elles sont si rares qu'on en ignore presque l'existence. On a ajouté un texte allemand en manuscrit.

78. Costumes et portraits de personnages célèbres de la cour de Louis XIV; — Et d'autres pièces de la même époque, par Arnoult et Bonnard. Recueil factice de 186 planches, in-fol., veau. (Rel. orig.)

Cette précieuse réunion de pièces gravées de 1680 à 1699 contient entre autres : Les Comédiens du Pont-Neuf (Scaramouche, etc.), et les Cris des rues de Paris. On trouve à la fin du volume trois placards imprimés en caractères mobiles : Privilége et franchise des écornifleurs. — Avertissement aux confrères et sœurs de la haute et basse confrairie des martyrs martyrisez par leurs honnestes, indiscrètes, mal-avisées femmes. S. l. — Contrat de mariage de Baltazard Terquian et de Chrestene Léclanchée, etc.

79. Costumes du peuple et cris des rues de Vienne, dess. par L. Brand et grav. par Brand, Auir, Schutz et autres, quarante planches grav. sur cuivre, gr. in-fcl. cart. dos de vélin.

Collection dans le genre et de l'époque de *Watteau* jeune, coloriée avec le plus grand soin.

80. Costumes suisses. *S. l. n. d.*, gr. in-4, cart.

Exemplaire fort bien colorié d'une suite exécutée par un artiste qui a signé les planches du monogramme K.

81. Coleccion general de los trages que in la actualidad se usan en España, principiada en le ano 1801. *En Madrid.* in-8, br. Les planches 1 à 56, 65 à 72, 81 à 88, 97 à 112.

Rare.

82. Figures des différents caractères, de paysages et d'études dessinécs d'après nature par Ant. Watteau; — gravées à l'eau-forte par les plus habiles graveurs et peintres du temps. *Paris, s. d.*, 350 planches (dont quelques-unes tachées), 2 vol. in-fol., vél., tr. dor. Belles épreuves.

Collection publiée par les soins de M. Julienne, et tirée à 100 exemplaires.
Costumes, modes, mascarades. Exemplaire avec la vie de Watteau; le portrait et le frontispice grav. par Boucher.

83. Histoire des perruques, où l'on fait voir leur origine, leur usage, etc., par J. B. Thiers. *Paris, aux dépens de l'auteur,* 1690, in-12, fig., bas. (Aux armes.)

84. Der weiss-Kunig. Collection de **237** gravures sur bois, représ. les actions de l'empereur Maximilien Ier. *Vienne*, 1775, in-fol., cart.

Exemplaire en *papier de Hollande.* Seule édition de cette suite remarquable gravée de 1508 à 1516, sous la direction de Burgkmaier. La mort de l'empereur Maximilien empêchait à l'époque la publication de cette belle suite.

85. Von dem herrlichen Einzug, Hochzeit und Freud des Herrn Wilhelm Printz zu Uranien, und Freulin Anna zu Sachsen. *S. l. n. d.* (1561), pet. in-4, goth. avec 2 fig. en bois, cart.

Bel exemplaire de cette plaquette rarissime. La relation est *en vers.* Cette singulière pièce contient 16 feuillets.

86. La grande Passion de Durer, gravée en bois. *Nurnbery*, 1510, in-fol. vél.

Les planches de cet exemplaire sont AVANT LE TEXTE. *Superbes épreuves.* Elles ont été anciennement doublées.
Les exemplaires de cette précieuse suite, dont toutes les épreuves sont avant le texte, sont excessivement rares.

87. La galerie du Luxembourg peinte par Rubens, dessinée par Nattier, et gravée par les plus illustres graveurs. *Paris*, 1710, in-fol., mar. bleu à compart., tr. dor. (Anc. rel.)

> Très-belles épreuves avant les numéros.

88. Discours du songe de Poliphile, déduisant comme amour le combat à l'occasion de Polia. *A Paris, J. Kerver*, 1561, in-fol., fig. en bois, v.

> Les dessins des belles gravures qui ornent ce volume sont attribués à J. Goujon ou à J. Cousin. La planche qui se trouve à la page 69 est intacte.

89. Iconologie par figures, ou traité complet des allégories, emblèmes, etc., par Gravelot et Cochin. *Paris, Lattré, s. d.*, 4 vol. gr. in-8, d. rel. non rogn.

> Exemplaire en grand papier.

90. Apollo og de nie Muser, her til Lands de forsti kobbere i Kridt maneer efter H. Prof. Wieddweldts originaler. *Kiobenhavn*, 1776, titre et 11 planches in-fol., cart.

> Exemplaire tiré en rouge.

91. Danse des Morts. Die Eitelkeit der Dinge, par Rentz. *Linz*, 1777, in-fol., 50 planches grav. sur cuivre, cart.

92. Æsopus in Europa. Tweden druk. *S. Gravenhage, François Moselagen*, 1737 et 1738, pet. in-4, cart.

> Collection de gravures de Rom. de Hooghe, ayant en grande partie rapport aux guerres de la France avec la Hollande et l'Espagne.

93. Tapisseries du roy où sont représentez les quatre élémens et les quatre saisons, grav. par U. Krauss. *Augsbourg*, 1687, in-fol., fig., vél.

> Le volume contient aussi les devises pour les tapisseries. Très-belles épreuves.

94. Recueil de plusieurs énigmes (en vers), airs, devises et médailles enrichis de figures. *Amsterdam, Jansson*, 1684, pet. in-12, v.

95. Kleines Bilder-Cabinet. Collection de petites gravures pour apprendre l'allemand, le latin, le français et l'italien. *Augsbourg*, 1735, pet. in-8, v., fil.

> Recueil de 900 petits tableaux assez bien gravés, avec souscriptions dans les quatre langues citées.

96. Thesaurus Morellianus, sive familiarum romanarum numismata omnia. Acced. nummi miscellanei, urbis Romæ, hispanici, etc. Ex rec. And. Morelli, ed. Sig. Havercampus. *Amstelædami*, 1734, 2 vol. in-fol., fig., cart., non rogn.

97. Serie delle monete e medaglie d'Aquileja e di Venezia di Federico Schweizer. *Trieste*, 1848-1853, 2 vol. gr. in-4, fig., br. Tiré à 200 exempl.

98. Numismatique et inscriptions cypriotes par H. de Luynes. *Paris*, 1852, très-gr. in-4, fig., cart., non rog.

> Exemplaire avec envoi de l'auteur.

99. Mémoire sur le sarcophage et l'inscription funéraire d'Esmunazar, roi de Sidon, par H. d'Albert de Luynes. *Paris*, 1856, très-gr. in-4, facsim., cart., n. rogn.

> Avec envoi de l'auteur.

100. Miscellanea eruditæ antiquitatis, in quibus marmora, statuæ, musiva, toreumata, gemmæ, numismata, hucusque inedita referuntur ac illustrantur. Cura Jac. Sponii. *Lugduni*, 1685, in-fol., fig., cart., non rogn.

101. Lettres écrites à divers savants de l'Europe par feu Mr. Cuper (sur l'histoire, les antiquités, etc.). *Amsterdam, du Sauzet*, 1742, in-4, fig., maroq. citr., tr. dor. (Anc. rel. aux armes de la maison de Gondy.)

> Ex. du comte Cuypers , Sgr. de Rymenam.

102. Notæ Græcorum, sive vocum et numerorum compendia quæ in æreis atque marmoreis Græcorum tabulis observantur. Collegit, recensuit, explicavit Ed. Corsinus. *Florentiæ*, 1749, in-fol., inscriptions, vél., dor.

103. Description des principales pierres gravées du cabinet de S. A. S. Mgr le duc d'Orléans (par les abbés de la Chau et le Blond). *Paris, Pissot*, 1780, 2 vol. in-fol., fig., cart., non rogn.

104. Emundi Figrelii de statuis illustrium Romanorum. *Holmiæ, Jansson*, 1656. — Joannis Schefferi de antiquorum torquibus. *Holmiæ Suecorum, ex officina Joa. Janssonii, regii typographi*, 1656, 2 vol. en 1, pet. in-8, vél.

105. Demeter und Persephone, ein Cyklus mythologischer Untersuchungen von Ludwig Preller. *Hamburg*, 1837, in-8. d.-rel., mar. vert.

106. Erklaerendes Verzeichniss der antiken vertieft geschnittenen Steine der Königl. Gemmensammlung, von E. H. Tölken. (Catalogue raisonné des pierres gravées antiques de la collection du Musée prussien.) *Berlin, Druckerei der Akademie*, 1835, in-8, d.-rel., mar. vert.

107. Roma subterranea novissima in qua post Ant. Bosium et celebres alios scriptores antiqua Christianorum et præcipue Martyrum cœmeteria, tituli ; monumenta, epitaphia, inscriptiones : ac nobiliora sanctorum sepulcra sex libris illustrantur. Opera P. Aringhi. *Romæ*, 1651, 2 vol. gr. in-fol., fig., vél., à comp. dor.

108. Description historique et monumentale de l'église patriarcale de Bourges, par J. Rouvelot. *Bourges*, 1824, in-8, fig., d.-rel.

109. Goth. Vogt, thysiasterologia sive de altaribus veterum christianorum, ed. Alb. Fabricius. *Hamburgi*, 1709, pet. in-8, fig., cart.

110. Die aeltesten Glasgemælde in Dome zu Augsbourg. C'est-à-dire les plus anciens vitraux peints de la cathédrale d'Augsbourg, du XIᵉ siècle, publ. par T. Herberger. *Augsburg*, 1860, gr. in-4, fig. imprimées en couleur, br.

> Volume tiré à très-petit nombre pour les membres de la Société des Antiquaires de Souabe. Il contient dans l'introduction une histoire de la peinture sur verre du Xᵉ au XIIIᵉ siècle.

111. Histoire des hosties miraculeuses qu'on nomme le tressaint sacrement de miracle, qui se conserve à Bruxelles depuis l'an 1370. *Bruxelles*, 1770, pet. in-8, fig., br.

> Exemplaire avec la signature autographe de l'éditeur J. Van den Berghen.

112. Monumenta sepulcrorum cum epigraphis ingenio et doctrina exc. vir. aliorumq. tam prisci quam nostri seculi memorabilium hominum de archetypis expressum, Ed. Tob. Fendt. S. l., 1574, 125 planches grav. en taille douce, bas. gaufr.

> Exemplaire de Joa. Fichard, avec un autographe d'une ligne daté de 1576.

113. Ordonnances de S. M. impériale, pour connaître les bons écus, et les bonnes pièces de monnaie en or et argent, suivant l'édit donné le lundi après Toussaint l'an 1577. *Prag, in der Neustadt, bey Michel Peterle* (1577), pet. in-4, rel. en velours, tr. dor., gaufr.

> Ce volume contient, sur 68 feuillets, un nombre considérable de gravures en bois fort bien exécutées. L'indication de la valeur des monnaies est en allemand.

114. Mémoires critiques pour servir d'éclaircissemens sur l'histoire ancienne de la Suisse et sur les monumens d'antiquité qui la concernent, par Loys de Bochat. *Lausanne, 1747-1749*, cartes, **3 vol. in-4, maroq.** rouge, dent., tr. dor. (Anc. rel.)

115. Merkwurdige Alterthümer der Eidgenossenschaft. — (Antiquités et monumens remarquables qui se trouvent en Suisse, dessinés et publiés par Joh. Muller.) *Zurich, 1773-79*, **3 vol. in-4°**, fig., d.-rel. (Rare.)

Sceaux, blasons, orfévrerie, costumes, édifices, monuments, etc.

V. — BELLES-LETTRES.

116. Glossarium ad scriptores mediæ et infimæ latinitatis, editio locupletior, opera et studio monach. ord. Sti. Benedicti (auct. Carol. DuFresne Du-Cange). *Paris, Osmont, 1733*, **6 vol. in-fol.**, fig. de monnaies, veau.

Exemplaire en grand papier.

117. Dictionnaire du vieux langage françois, enrichi de passages tirés des manuscrits en vers et en prose, des actes publics, des ordonnances de nos rois, etc., par Lacombe. *Paris, Panckoucke, 1766*, **in-8**, v.

118. Tesoro de la lengua castellana o española, compuesto por don Sebastian de Cobarruuias Orozco. *Madrid, Luis Sanchez, 1611*, **in-fol.**, maroq. rouge à comp., tr. dor. (*Dusseuil*.)

Très-bel exemplaire.

119. Quinti Horatii Flacci opera. *Parisiis, typographia regia, 1733*, **in-24**, mar. r., fil., tr. dor. (Anc. rel.)

120. Les Œuvres de François Villon. *Paris, Coustelier, 1723*, **pet. in-8**, cart., non rogné.

121. Les Vers héroïques du Sr Tristan l'Hermite. *Paris, Loyson et Poitier, 1648*, **in-4**, fig., v. marbr.

Exemplaire avec les 2 portraits grav. par Daret.

122. Moyse sauvé, idyle heroïque du Sr de Saint Amant. *Amsterdam, Pierre Le Grand, 1664*, **pet. in-12**, mar. br., gaufr. (Anc. rel.)

La bonne édition des Elzeviers.

123. Les Poésies de Malherbe, avec les observations de Ménage. *Paris, Barbin, 1689*, **in-12**, v.

124. L'Amy sans fard qui console les affligez, en vers burlesques, par Jaques-Jaques. *Lyon, Olyer, 1664*, **in-12**, vél.

125. Les Œuvres de Monsieur Sarasin. *Paris, N. Le Gras, 1683*, **2 tom., 1 vol. in-12**, v. marb. (Raccommod. à la marge du titre du 1er vol.)

126. Recueil de diverses pièces faites par plusieurs illustres personnes. Pièces diverses. La feste de Versailles du 18 juillet 1668. *La Haye, Jean et Daniel Steuker (Elzeviers), 1669*, **2 vol. en un, pet. in-12**, vél.

Très-bel exemplaire d'un véritable Elzevier des plus rares. La seconde partie est en vers et très-amusante.

127. Les Œuvres postumes de La Fontaine. *Lyon, Amaulry,* 1696, pet. in-8, bas.

128. Contes et nouvelles en vers, par **M.** de La Fontaine. *Amsterdam, s. l.,* 1764, 2 vol. in-8, fig. et vign., portr. d'après Rigaud, v. fve, tr. dor. (Anc. rel.)

> Contrefaçon bien exécutée de l'édition dite : *des fermiers généraux,* publiée à la même époque que l'édition originale. On a vendu souvent cette contrefaçon comme original.

129. Fables choisies, mises en vers par de La Fontaine, avec un nouveau commentaire par Coste. *Paris, Didot,* 1787, 2 vol. in-12, port., fig. à mi-page, v. rac., tr. dor.

130. Fables de La Fontaine. Imprimées par ordre du roi pour l'éducation de Monseigneur le Dauphin. *Paris, imprimerie de Didot l'aîné,* 1789, 2 vol. in-8, mar. rouge, fil., tr. dor. (Derome.)

131. Les Fables de Phèdre, enrichies de figures en taille-douce. *Paris, O. de Varennes,* 1699, in-12, br.

132. Esope en belle humeur, ou dernière traduction et augmentation de ses fables. *Brusselle, F. Foppens,* 1700, fig. de Harrewyn et autres à mi-page, pet. in-8, cart., non rogn.

133. Les Véritez plaisantes, ou Le monde au naturel. *Rouen, Maury, (à la Sphère),* 1702, in-12, cart., non rogn.

> Collection de poésies.

134. Œuvres choisies de Gresset. Edition ornée de figures en taille-douce, dessinées par Moreau le jeune. *Paris, imprimerie de Didot jeune, an II,* in-16, mar. r., tr. dor. (Anc. rel.)

135. Pub. Terentii comœdiæ VI, et recensione Heinsiana. *Amstelodami, ex officina Elzeviriana,* 1661, pet. in-12, vél.

136. Polyeucte martyr, tragédie de Corneille. *(Rouen) Paris, Sommaville et Courbé,* 1643, in-4, parch., front. et titre endommagés.

> Edition originale.

137. Le Menteur, comédie de Corneille. *(Elzevier) à la Sphère,* 1647. — Le Cid de Corneille, *à la Sphère,* 1657. — Le Geôlier de soi-même, 1657. — Le Marquis ridicule, ou La comtesse faite à la hâte, par Scarron, 1656. — Le Jodelet, par le même, 1656. — Les trois Dorotées, ou Jodelet souffleté, 1654, 6 vol. en un, pet. in-12, v. fil., tr. dor.

138. La Mort de l'empereur Commode, tragédie par M. Corneille. *Suivant la copie imprimée à Paris,* 1662, pet. in-12, front. grav.

> Exemplaire non rogné.

139. Œuvres de Molière, nouvelle édition augmentée de la vie de l'auteur, et des remarques historiques et critiques de M. de Voltaire. *Amsterdam,* 1765, 6 vol. in-12, jolies gravures de Punt, v. ant.

140. Dictionnaire des théâtres de Paris, contenant toutes les pièces qui ont été représentées jusqu'à présent sur les différens théâtres françois et sur celui de l'Académie de musique, aux comédiens italiens, aux opéras comiques, aux spectacles des foires de Saint-Germain et Saint-Laurent, avec des anecdotes sur les auteurs, acteurs, actrices, danseurs, danseuses, dessinateurs, peintres, etc., de ces spectacles. *Paris,* 1756, 6 vol. pet. in-8, bas.

> Les pages 339-757 du 6e volume contiennent les additions et corrections.

141. Parcival et Titurel. Wolfram von Eschenbach Heldengedicht vom Parzival. *S. l.*, 1477; Titurel, *s. l.*, 1477, 2 vol. en un, in-fol., rel. en bois. (Rel. originale.)

Très-beaux exemplaires presque non rognés et remplis de témoins.

Ces deux romans de chevalerie, très-rares, ont été imprimés à Strasbourg. Ils représentent un précieux document de la poésie allemande au moyen âge. Les exemplaires de la vente Butsch (1858), vendus 246 florins, étaient dans un triste état et très-rognés.

142. **Thewrdannck.** Die geuerlicheiten vnd einsteils | der geschichten des loblichen streyt | paren vnd hochberümbten helds | vnd Ritter herr Tewrdannckhs (c'est-à-dire : Histoire des aventures, faits et actions périlleuses du fameux héros chevalier Tewrdannck). (Au verso du dernier f.) *Gedruckt in der Kayserlichen stat Nürnberg durch den Eltern Hannsen Schönsperger Bürger zu Augspurg*, 1519, in-fol., goth., d.-rel.

Roman de chevalerie orné de 119 grandes et belles gravures en bois, d'après les dessins de H. Scheufflein. Le *Clavis* se trouve dans l'exemplaire, mais il a été transposé.

143. **Valentin et Orson.** Lystoire du noble Valentin et Orson. Cy fine lystoire des deux vaillans chevaliers Valentin et Orson, filz de lempereur de Grece. *Imprimé à Lyon par Martin Hauard, lan mil CCCCCV (1505) le XX de mars*, in-fol. goth. à 2 col., fig. en bois. Peau verte.

Bel exemplaire. Édition excessivement rare, non citée par M. Brunet.

144. **Les Amours pastorales** de Daphnis et Chloé, trad. du grec de Longus en françois par Jacques Amyot. *S. d.*, 1718 (*Paris, 1745*), pet. in-8, fig. du Régent, mar. rouge, large dent., tr. dor.

Belle et fraîche reliure originale. Voir le Manuel de M. Brunet.

145. **Les Métamorphoses,** ou L'asne d'or de l'Apulée, philosophe platonique, œuvre d'excellente invention et singulière doctrine. *Paris, Samuel Thiboust*, 1631, in-8, fig. de Crispin de Passe et autres, vél.

146. **L'Inceste** innocent, histoire véritable, par Desfontaines. *Paris, T. Quinet*, 1644, in-8, vél.

147. **Les Avantures** du baron de Fœneste, comprinses en quatre parties (par Agrippa d'Aubigné). *Au Dezert*, 1630, pet. in-8, v. f. (Première édition.)

148. **L'Eloge** de la folie, traduit du latin d'Erasme par Gueudeville. *Paris*, 1751, in-12, br.

Bel exemplaire, jolies figures d'Eisen. Une des premières et plus jolies productions de ce maître.

149. **Eloge** de la folie, nouvellement traduit du latin d'Erasme, par M. de la Vaux, avec les figures de Holbein gravées d'après les dessins originaux. *Basle*, 1780, in-8, fig. en bois, cart., non rogn.

150. **Cinquante-trois arrests** d'amours, le tout diligemment reveu et corrigé en une infinité d'endroits. *Rouen*, 1587, in-16, vél.

Par Martial de Paris, dit d'Auvergne. Bel exemplaire dans sa reliure originale.

151. **Les Œuvres** de M. François Rabelais, contenant cinq liures de la vie, faits et dits héroïques de Gargantua et de son fils Pantagruel, plus la prognostication, etc. 1558, 2 vol. en un, gr. in-12, vél.

152. **Les Comptes** du monde adventureux, par A. D. S. D., *à Paris, pour Jean Longis et Robert le Magnier*, 1560, in-16, vél., tr. dor.

Bel exemplaire réglé dans sa reliure originale.

153. **Bonne responce** a tous propos. Liure fort plaisant et delectable, au quel est contenu grand nombre de proverbes et sentences ioyeuses.

Traduict d'italien en nostre vulgaire françoys (avec le texte italien). *Paris, Estienne Groulleau, 1550*, in-16, v. ant.

Très-bel exemplaire rempli de témoins dans sa reliure originale.

154. Recueil général des œuvres et fantaisies de Tabarin, contenant ses rencontres, questions et demandes facétieuses, avec leurs responses; avec les rencontres et fantaisies du baron de Gratelard. *Rouen, Louis Du Mesnil,* 1664, pet. in-12, parch., non rogn.

155. Le Moyen de parvenir (par Beroalde de Verville). *A Chinon, de l'imprimerie de François Rabelais, l'année Pantagruéline,* 2 vol. en un, pet. in-12, cart.

156. La Compagnie agréable pour chasser la melancholie. *Paris, Claude Barbin,* 1685. — L'Ecole pour rire, ou Manière d'apprendre le françois en riant, par le moyen de certaines histoires choisies, plaisantes et récréatives. *Leyde,* 1683, 2 vol. en un, pet. in-12, vél.

157. Histoire de la vie de Thiel Wlespiègle, contenant ses faits et finesses, ses aventures et les grandes fortunes qu'il a eues, ne s'étant jamais laissé tromper par aucune personne. *Amsterdam, P. Marteau,* 1703, pet. in-12, front. grav., vél.

158. Le Tombeau des amours de Louis le Grand et ses dernières galanteries. *Cologne, chez P. Marteau,* 1695, front. grav., cart. non rogn.

159. Intrigues du sérail, histoire turque en deux parties, par M. Malebranche. *La Haye,* 1739, pet. in-12, v.

160. Histoire de mademoiselle Cronel, dite Frétillon, actrice de la comédie de Rouen, part. 1-4. *La Haye.* 1741-1743, 4 vol. en 1, pet. in-8, cart.

161. L'Art de plumer la poulle sans crier. *Cologne,* 1710, pet. in-12, br.

Le frontispice représente le Mail et Law porté en triomphe.

162. Mémoires et avantures d'un homme de qualité qui s'est retiré du monde (par l'abbé Prévost). *La Haye,* 1757, 2 vol. in-8, cart., non rogné ni coupé.

Édition originale, rare.

163. Mémoires d'une fille de qualité qui ne s'est pas retirée du monde, p. Le chevalier de Mouhy. *Amsterdam,* 1747, 4 tom. en 2 vol. pet. in-12, cart., non rog.

164. Arlequiniana, ou les Bons mots, les histoires plaisantes et agréables recueillies des conversations d'Arlequin. *Suivant la copie à Paris,* 1735, pet. in-12, br., non rog.

165. Dialogues des grands hommes aux champs élisées appliquéz aux mœurs de ce siècle. *Bruxelles, Frick,* 1713, in-12, broch.

166. Intrigues monastiques. Nouvelles espagnoles, italiennes et françoises. *La Haye,* 1739, pet. in-12, cart., non rogn.

167. Les Epistres morales de messire Honoré d'Urfé. Dernière édition augmentée d'un troisième liure. Dediées à Son Alt. de Savoie. *Lyon, Jean Laubert,* 1623, in-12, v.

168. Lettres amoureuses de la dame Lescombat et du Sr. Mongeot, ou l'Histoire de leurs criminels amours. *A La Haye,* 1755, pet. in-8, br.

169. Lettres de Mme la marquise de Pompadour, depuis 1753 jusqu'en 1762 inclusivement. *Londres,* 1772, 2 vol. en 1, pet. in-8, v.

170. Amusemens des eaux de Schwalbach, des bains de Wisbaden et
de Schlangenbad, etc. *Liége, Kints*, 1738, in-12, fig., cart., non rogn.

Contes et anecdotes amusantes.

VI. — GÉOGRAPHIE, VOYAGES, HISTOIRE UNIVERSELLE ET ANCIENNE.

171. Le Grand atlas, ou la Cosmographie Blaviane. *Amsterdam, J.
Blaeu*, 1660-1663, 12 vol. gr. in fol., blasons, vél. dor. à comp., tr. dor.
Bel exempl. dans sa première reliure.

Cette grande collection de cartes *forme en même temps un armorial universel; les
blasons des villes, princes, comtes et barons, se trouvent sur les cartes.*
La France est partagée dans cette édition (avec texte en français) en deux volumes,
parce qu'on y donne les généalogies des familles les plus illustres.

172. Atlas historique, généalogique, chronologique, et géographique,
par A. Le Sage. *Paris, Sourdon,* gr. in-fol.; br.

173. Recherches sur la géographie systématique et positive des anciens, pour servir de base à l'histoire de la géographie ancienne. Par P.
F. J. Gosselin, *Paris, Impr. de la république et impériale,* 1797-1813. —
4 vol. in-4, cartes, cart.

174. Eclaircissements géographiques sur l'ancienne Gaule, précédés
d'un traité des mesures itinéraires des Romains et de la lieue gauloise, p.
d'Anville. *Paris,* 1743, pet. in-8, cartes, dem.-rel., v.

175. Carte générale de la monarchie françoise, contenant l'histoire
militaire depuis Clovis jusqu'à la quinzième année accomplie du règne de
Louis XV. Avec l'explication de plusieurs matières intéressantes, tant pour
les gens de guerre que pour les curieux, lesquelles y sont traitées en vingt
tables enrichies de tailles douces. *Paris,* 1733, gr. in-fol., maroq. rouge
à comp. large dent., tr. dor. Bel exempl. dans sa reliure originale.

L'ouvrage est *rempli de blasons.*

176. Description de la forêt de Compiègne, comme elle était en 1765.
Avec le guide de la forêt, par Louis-Auguste Dauphin. — *Paris,* 1766,
pet. in-8, maroq. rouge, fil., tr. dor. (Anc. rel.)

Fort rare. Tiré à 36 exemplaires. Le volume contient aussi : La carte topographi-
que de la forêt de Compiègne, gravée par Denys et corrigée par Mgr. le Dauphin.

177. Voyage en Moscovie. Commentari della Moscovia e parimente
della Russia, e delle altre cose belle e notabili composte per il Sr. Sig. ab
Herberstein. Simelmente visi tratta della religione delli Moscoviti. Item
una discritione di tutto l'imperio Moscovitico e luoghi vicini, come sono
de Tartari, Lituani, Poloni, etc. *Venetia,* 1550, in-4, grande carte et fig.
color., parch. (Très-bel exempl.)

178. Historien und Bericht vom Groszfürstenthum Muschkow, von der
Reussischen Fuersten Herkommen. — Die Prozesse der Gesandten in
Musckow und Stockholm, etc., per Petrum Petrejum de Erlensunda.
Lipsiæ, 1620. — Icones et vitæ principum et regum Poloniæ omnium
adornatæ et collectæ a Sal. Neugebauer. *Francofurti,* 1620, portraits. —
Chronologia Pannoniæ, durch Lev. Hulsium. *Nurnberg,* 1596, fig. et carte.
— Bekanntnuss Christlicher Lehr und Glaubens in Ober-Hungern, Cas-

chaw, Leutsch, Bartfeld, Epperies et Zeben. *Caschaw*, 1634.— 4 vol. en 1, fig. et fig. ajoutées, mar. br. gaufr., ferm.

Belle reliure originale.

179. Iter in Moschoviam Aug. liberi baronis de Mayerberg, cameræ imperialis consil., et Horatii G. Calunccii equitis, ab. aug. rom. imper. Leopoldo, ad tzarem et magnum ducem Alexium Michalowicz anno MDCLXI. ablegatorum, descriptum. Ab ipso Augustino l. bar. de Mayerberg, cum statutis moschoviticis et russico in latinum idioma ab eodem translatis, *S. l. et a.*, (*Viennæ*, 1661), in-fol., vél.

Très-bel exemplaire.

180. La Relation de trois ambassades de Mgr le comte de Carlisle, de la part de Charles II vers leurs ser. Maj. Alexey Michailowitz, czar et grand-duc de Moscovie, Charles roy de Suède, et Frédéric III roy de Danemarc et de Norvége. *Amsterdam, Blaeu*, 1669, pet. in-12.

Édition elzevirienne très-rare.

181. Relation journalière du voyage du Levant faict et descript par Henry de Beauvau, baron de Manonville. Reueu, augmenté et enrichy par l'autheur de pourtraicts des lieux les plus remarquables. *Nancy, Jac. Garnich*, 1615, in-4, fig., bas.

182. Voyage au Levant, c'est-à-dire dans les principaux endroits de l'Asie-Mineure. — Voyages par la Moscovie, en Perse et aux Indes Occidentales, par Corneille le Bruyn. Avec la route qu'a suivie M. Isbrand, ambassadeur de Moscovie. *Paris*, 1725, 5 vol. in-4, fig., cart.

183. Fasciculus temporum (*en hollandais*). Avec les chroniques des rois de France, d'Angleterre, des ducs de Brabant, des comtes de Flandres, etc. *Utrecht, J. Veldener*, 1480, in-fol. goth., fig. en bois col., cart.

Tous les blasons de ce précieux volume ont été coloriés à l'époque avec soin.
C'est le *plus ancien armorial imprimé qui existe.*

184. Le Premier (et deuxième) volume de la Mer des hystoires, auquel et le second ensuyvât est contenu tant du vieil testament que du nouveau toutes les histoires, depuis la création du monde, jusques en M.D.XXXI. *Paris, Gaillot du Pré*, 1536, 2 vol. 1 gr. in-fol., goth., v.

Belles et curieuses gravures en bois.

185. Histoire universelle du Sr. d'Aubigné, comprise en trois tomes. Seconde édition augmentée. *S. l.*, 1626, 3 part. en 1 vol. in-fol., vél.

Brunet, *Manuel*, I, col. 545.

186. Justinus ex Marci Zuerii Boxhornii nova recensione. *Amstelodami, Joa. Janssonius*, 1644, pet. in-12, v. fve, fil.

Édition fort bien imprimée, dédiée à Gabr. Ozenstierna.

VII. — HISTOIRE DU MOYEN AGE, HISTOIRE MODERNE.

187. Le Grand dictionnaire historique..., par L. Moreri, 18e édition. *Amsterdam*, 1740, 8 vol. in-fol., veau.

188. La Chronique des roys de France depuis Pharamond iusques Henry second du nom. *Paris, Galiot du Pré*, 1552, pet. in-8, fig. en bois, vél.

189. Cronique sommairemens traictée des faictz héroïques de tous les rois de France, et des personnes et choses mémorables de leurs temps. *Lyon, Clément Baudin*, 1570, pet. in 8, parch.

> Avec les jolis portraits gravés par Woieriot. Le portrait du roi Théodoric (page 66), qui ne se trouve que dans peu d'exemplaires, a été ajouté au nôtre.

190. Recueil des roys de France, leur couronne et maison, par J. du Tillet. *Paris*, 1607, in-4, portraits et sceaux, grav. sur bois, *parch.*

191. La Première (et unique) partie du Traicté de l'origine, progrès et excellence du royaume des Françoys et couronne de France, par Charles du Molin. *Lyon, à la Salamandre*, 1561, in-4, parch. (Soulignures.)

192. Histoire de l'empire de Constantinople sous les empereurs françois, la conquête de Constantinople par les François, par Geoffroy de Ville-Hardouin, maréchal de Champagne. Avec l'histoire de ce que les François et les Latins ont fait de plus remarquable dans l'empire de Constantinople. *Paris, imprimerie royale*, 1656, in-folio, veau.

193. Histoire générale et raisonnée de la diplomatie française depuis la fondation de la monarchie jusqu'à la fin du règne de Louis XVI, par M. de Flassan. *Paris*, 1809, 6 vol. in-8, mar. rouge, dent., tr. dor. (Aux armes.)

194. Anecdotes françoises depuis l'établissement de la monarchie jusqu'au règne de Louis XV. *Paris, Vincent*, 1768, 2 tom. en 1 vol. in-12, v. marb.

195. Examen critique de la découverte du prétendu cœur de St Louis, faite à la Ste-Chapelle, le 5 mai 1843, par M. Letronne. *Paris*, 1844, gr. in-8, fig., d.-rel.

196. De Tristibus Franciæ, libri IV. Ex bibliothecæ Lugdunensis codice nunc primum in lucem editi cura et sumptibus L. Cailhava. *Lugduni, L. Perrin*, 1840, gr. in-4, fig. en bois, pap. de Holl., cart., non rog.

> Tiré à 120 exemplaires.

197. Œuvres du Sgr de Brantome : nouvelle édition, considérablement augmentée et accompagnée de remarques historiques et critiques. *La Haye*, 1740, 15 vol. in-12, veau fil.

198. Mémoires de messire Pierre de Bourdeille, Sgr. de Brantome, contenans les vies des hommes illustres et grands capitaines françois de son temps. *Leyde, Sambix*, 1666, 4 vol. pet. in-12, vél.

> La bonne édition elzevirienne.

199. Les Œuvres de Sleidan, qui concernent les histoires qu'il a escrites. *S. l., Jean Crespin*, 1566, in-fol., vél.

> Avec l'inscription autographe : *Sum ex libris Johannis Ebneri Norimbergensis qui me ludendo lucratus est Biluniyibus, anno 1868.* — Le catalogue Giraud contient un ouvrage avec une semblable inscription, qui prouve qu'on tirait dans les foires des XVIe et XVIIe siècles des livres en loterie.

200. Le Réveille-matin des François et de leurs voisins. Composé par Eusèbe Philadelphe, cosmopolite, en forme de dialogues. *Edimbourg, de l'imprimerie de Jacques James*, 1574, 2 part. en 1 vol. in-8, vél. vert.

> Le volume a été imprimé en Suisse ou dans quelque ville protestante de la France.

201. Journal des choses mémorables advenues durant le règne de Henri III, roi de France et de Pologne (par de l'Estoille). *Cologne, Pierre Marteau*, 1720, 2 tom. en 4 vol. in-12, portraits, v. fauve. ((Padeloup.)

> Belles épreuves des portraits.

202. La Vie de François, seigneur de la Noue, dit Bras-de-Fer, où sont contenuës quantité de choses mémorables, qui servent à l'éclaircissement, qui se sont passées en France depuis le comm. des troubles pour la religion jusques à 1591, par Moyse Amirault. *Leyde, Jean Elzevier*, 1661, pet. in-4, vél.

Avec l'arbre généalogique plié.

203. Le Secret des finances de France, descouuert et departi en trois livres par N. Fourmenteau. Plus il monstre le nombre des archeueschez, eueschez, paroisses, maisons, fiefs et arriere-fiefs : le roolle des ecclésiastiques, nobles, roturiers, soldats françois et estrangers massacrez et occis durant les troubles : le nombre des femmes et filles violées, des villages et maisons bruslées esdites provinces, etc. *S. l.*, 1581, 3 vol. en 1, pet. in-8, vél.

204. Discours et rapport veritable de la conférence tenue entre les députez de la part de monsieur le duc de Mayenne et Estats généraux assemblez à Paris : avec les députez de messieurs les princes et autres catholiques estants du party du roy de Navarre. *Paris, F. Morel*, 1593, pet. in-8 de 208 pag., cart., non rogn.

205. Dialogue d'entre le maheustre et le manant, contenant les raisons de leurs débats et questions en ces présens troubles au royaume de France. *S. l.*, 1594, pet. in-8, veau.

206. Histoire de Henry le Grand, composée par messire Hardouin de Perefixe. *Amsterdam, Daniel Elzevier*, 1664, pet. in-12, front. grav., vél.

207. Memoires des sages et royales œconomies d'estat, domestiques, politiques et militaires de Henry le Grand. *Amstelredam, chez Aléthinosographe de Clearetimele et Graphehexecon de Pistariste*, s. d., 2 vol. in-fol., v.

Édition originale des Mémoires de Sully aux W verts.

208. Histoire de la mort déplorable de Henry IIII, roy de France et de Navarre. Ensemble un poëme, etc. (Par P. Matthieu.) *Paris, Ve Guillemot et S. Thiboust*, 1613, pet. in-8, front. et portrait, bas.

209. P. Sixti V fulmen brutum in Henricum reg. Navarræ et iu Henricum Borbonium, principem olim Condæum, evibratum. *S. l.*, 1585, pet. in-8, vél.

Exemplaire avec le grand tableau plié, intitulé Synopsis.

210. Le Voyage de M. Guillaume en l'autre monde vers Henry le Grand. *Paris*, 1612, pet. in-8, cart. (Légèrement mouillé, mais avec témoins.)

Pièce singulière dans le genre rabelaisien. Voir les pages 62 et suivantes.

211. Le Tableau de la vie et du gouvernement de messieurs les cardinaux Richelieu et Mazarin, et de M. Colbert, représenté en diverses satyres et poësies ingénieuses, avec un recueil d'épigrammes sur M. Fouquet et de choses passées à Paris. *Cologne, P. Marteau*, 1693, in-12, d.-rel., vél. (Mouillé.)

212. Mémoires de Omer Talon, avocat général au parlement de Paris. *La Haye, Gosse et Neaulme*, 1732, 8 vol. in-12, v. marb. (Aux armes.)

213. Le Chroniqueur désœuvré, ou l'Espion du boulevard du Temple. *Londres*, 1782. — La Chronique scandaleuse, ou Mémoires pour servir à l'histoire de la génération présente. — *Paris*, 1783, 2 vol. in-8, cart., non rogn. (Le premier ouvrage taché.)

214. Histoire des campagnes du roy, dédiée à Sa Majesté (par Gosmond

de Vernon). *Paris*, 1751, très-grand in-4, fig., mar. rouge, fil., tr. dor.
(Aux armes de Stanislas, roi de Pologne.)

Volume entièrement gravé. Médailles et bordures.

215. Essai historique sur la vie de Marie-Antoinette d'Autriche, reine de France. *Paris*, 1789, 2 vol. in-8. cart.

216. L'Entrée triomphante de leurs majestez Louis XIV, roy de France, et de Marie-Thérèse d'Autriche, dans la ville de Paris. Enrichie de figures. *Paris*, 1662, gr. in-fol., front., veau.

Bel exemplaire du premier tirage, avec le portrait de Louis XIV avant la lettre.

217. Voyage pittoresque de Paris, ou Indication de tout ce qu'il y a de plus beau dans cette grande ville en peinture, sculpture et architecture, par M. D. *Paris, De Bure*, 1765, pet. in-8, frontisp. tiré en couleurs et fig., v. marbr.

218. L'Histoire et discours au plus vray du siége qui fut mis devant la ville d'Orléans par les Anglois, le mardy 12. jour d'octobre 1437. Avec la venue de Jeanne la Pucelle, et comment par grace divine et force d'armes elle feist leuer le siége de deuant aux Anglois. *Orléans, O. Boynard et J. Nyon*, 1606, pet. in-8, cart.

Bel exemplaire avec le portrait de la Pucelle.

219. Les Divers caractères des ouvrages historiques. Avec le plan d'une nouvelle histoire de la ville de Lyon, par le P. Cl. Fr. Menestrier. *Lyon, B. et N. de Ville*, 1694, in-12, inscriptions, veau.

220. Les Annales de Foix, joinctz a ycelles les cas et faictz dignes de perpetuelle recordation, advenuz tant aulx pays de Bearn, Commynge, Bigorre, Armygnac, Navarre, q. liculx circumvoysins. Faict par Maistre Guillaume de la Perriere. *Et imprimées par Nicholas Vieillard, imprimeur du dict Tholose*, 1539, pet. in-4. fig. en bois, vél.

Très-bel exemplaire rempli de témoins.

221. Histoire des comtes de Poictou et ducs de Guyenne, contenant ce qui s'est passé de plus mémorable en France depuis l'an 811 jusques au roy Louis le Jeune, vérifiée par tiltres et par anciens historiens, par Jean Besly. *Paris, Bertault*, 1647, in-fol., vél. (Piq. dans les ff. de la préface.)

222. Histoire des roys, ducs et comtes de Bourgogne et d'Arles, par André Duchesne. *Paris, Cramoisy*, 1619, pet. in-4, bas.

222 bis. Histoire de l'église d'Arles, tirée des meilleurs auteurs, par M. Gilles du Port. *Paris*, 1690, in-12, v. (Piqué.)

223. Histoire de la ville de Sancerre. *Cosne, Gourdet*, 1826, pet. in-8, fig., d.-rel.

224. Le Siége de Metz par l'empereur Charles V, en l'an 1552. *Metz, Collignon*, 1665, pet. in-4, bas. (Sans plan.)

225. Observations sur l'histoire de Lille (par Wartel). *Avignon, Emeritoni*, 1765, in-12, v.

226. Histoire de la ville d'Orange et de ses antiquités, par M. de Gasparin. *Orange*, 1815, pet. in-8, fig., br.

227. Diebold Schillings Beschreibung des Burgundischen Krieges. Description de la guerre de Charles le Téméraire contre Nancy. *Bern*, 1743, in-fol., vél.

Ce volume contient des chants populaires ayant rapport aux guerres de Charles le Téméraire, et composés à l'époque. L'exemplaire contient les planches rares.

228. Histoire de la province d'Alsace depuis Jules César jusqu'au mariage de Louis XV, avec des figures en taille-douce, des plans, des cartes, etc. Par Louis Laguille. *Strasbourg*, 1727, 3 part. en 1 vol in-fol., d.-rel.

229. La Première et seconde Savoisienne, où se voit comme les ducs de Savoie ont usurpé plusieurs Estats apartenans aux rois de France, etc., plus une description sommaire de tous les princes de cette maison, jusques à l'an 1630. *Paris, Richer*, 1630, in-8, parch.

230. Histoire générale des cardinaux, dédiée à Mgr. le cardinal Riche-lieu. *Paris, Jean Jost*, 1642, 2 vol. en 1 in-4, parch.

231. L'Origine des cardinaux du St-Siége et particulièrement des Fran-çais. *Cologne, P. le Pain*, 1670, pet. in-12, v.

232. Histoire du cardinal de Granvelle, archevesque de Bésançon, vice-roi de Naples, ministre de Charles-Quint et de Philippe second. *Paris, Duchesne*, 1761, in-12, port., cart., non rogn.

233. Monumenta Germaniæ historica, inde ab anno Christi quingente-simo usque ad annum millesimum et quingentesimum. Auspiciis societatis aperiendis fontibus rerum germanicarum medii ævi, ed. G. H. Pertz. *Hannoveræ*, 1826-1859, 15 vol. in-fol., fac-sim. Vol. 1-13 rel. en toile, vol. 14 et 15 broch.

> Ouvrage magnifique, enrichi de nombreux *fac-simile*, d'une importance historique aussi grande pour la France que pour l'Allemagne; publié sous l'intelligente direction de M. Pertz, le savant directeur de la bibliothèque de Berlin. — La première partie de la table in-8, publiée en 1848 à Hanovre, est jointe à l'exemplaire.
>
> La collection est devenue rare. La 2e partie du XVe volume n'a pas encore été pu-bliée.

234. Chronicon Sancti Michaelis monasterii in pago Virdunensi. Ex codice ant. nunc primum integrum ed. Lud. Tross. *Hammone*, 1857, in-4, br.

> Chronique de Saint-Mihiel, en Lorraine.
>
> Supplément aux monuments publiés par M. Pertz, qui a fait imprimer le texte d'a-près un manuscrit incomplet.
>
> Exemplaire en grand papier.

235. Alsatia ævi merovingici, carolingici, saxonici, salici et suevici, di-plomatica. Ed. J. D. Schœpflinus. *Manhemii*, 1772-1775, 2 vol. in-fol., fig. et fac-sim., d.-rel.

236. Codex traditionum Corbejensium, notis criticis atque historicis, ac tabulis geographicis et genealogicis illustratus. Ed. Jo. F. Falke. *Guel-pherbyti*, 1752, in-fol., fig., vél.

> Ouvrage devenu rare, qui contient un grand nombre de sceaux et *fac-simile* gravés.
> Le volume est également important pour l'histoire de l'abbaye de Corbie, en Picardie.

237. Joannis Aventini Annalium Boiorum libri VII. (Quibus ejusdem Aventini Abacus et F. Guillimanni de Helvetia access. Ed. H. Gundling. *Lipsiæ*, 1710, in-fol., fig. en bois, vél.

> Les figures de l'Abaco ont été gravées en bois.

238. Chronicon Gotwicense, seu Annales monasterii Gotwicensis, auct. G. Besselio. *Typis monasterii Tegernseensis, ord. Sti Benedicti*, 1732, 2 vol. en 1 gr. in-fol., fig., cart., non rogn.

> M. Brunet (*Manuel*, I, col. 829) dit : Ce volume, composé de dissertations, est un excellent traité de diplomatique.

239. Historia diplomatica episcopatus Hildesiensis (en allem., par J. B. Lauenstein). *Hildesheim*, 1740, 2 tomes en 1 vol. in-4, cart.

240. Versuch einer pragmatischen Geschichte des durchlauchtigsten

Hauses Braunschweig und Lüneburg. *Braunschweig*, 1764, in-8, d.-rel.

Par M. de Koch, père de l'ancien possesseur de la bibliothèque actuelle.

241. **Chronicon** Walkenredense, sive Catalogus abbatum..... insertis aliquot Germaniæ procerum insignibus, opera H. Eckstormii. *Helmestadii*, 1617, in-4, fig. et blas. grav. sur bois, vél. (Envoi autogr. de l'auteur.)

242. **Antiquitates** Walckenredenses (ou Description historique de l'abbaye de Walckenried, de l'ordre des Cisteaux, par J. G. Leuckfeld). *Leipzig*, 1705, in-4, fig., d.-rel. (En allem.)

243. **Newe** Volstendige Brunschweigische und Lüneburgische chronica..., durch H. Bunting, vermehrt durch H. Meybaum. *Magdeburg*, 1620, in-fol., fig. sur bois et blasons, vél.

244. **Abrégé** chronologique de l'histoire et du droit public d'Allemagne, contenant les guerres, les traités de paix, les lois, les capitulations impériales, etc., p. Pfeffel. *Paris, Hérissant*, 1766, 2 vol. in-12, v. f. fil., tr. dor.

245. **Description** de tous les Pais-Bas, autrement apellés la Germanie Inférieure, par messire Louis Guiccardin. *Anvers, Plantin*, 1582, in-fol., fig. et cartes color., veau ant. (Ex. légèrement mouillé.)

Exemplaire aux armes de Bern. Jabach, d'Anvers, ami de Van Dyck et de Rubens.

246. **Sommaire** de la description générale de tous les Pays-Bas, de M. L. Guiccardin, par B. Rohault. *Arras, Robert Maudhui*, 1596, pet. in-8, parch.

247. **Les Mémoires** de messire Olivier de la Marche, avec les annotations et corrections de J. L. D. G. *Gand, Gérard de Salenson*, 1567, pet. in-4, veau.

248. **Machiavelli**. Tutte le opere di Machiavelli. *S. l.*, 1550, in-4, bas, marbr.

On sait qu'il existe cinq éditions sous la même date : notre exemplaire est de celle que Gamba décrit sous le numéro 1.

249. **Discours** de M. Nicolas Machiuavelle sur la première décade de Tite-Live. *Paris, Gobert*, 1614. — Le Prince, de *Nic.* Machiavelle. *S. l.*, 1613. — L'Art de la guerre, de N. Machiavelle. *Paris*, 1614.—3 vol. en 1 pet. in-8, parch.

250. **Gesta** pontificum romanorum a S. Petro apostolorum principe usque ad Innocentium XI. *Venetiis*, 1687-90, 5 tomes en 2 vol. gr. in-fol., portraits et fig , veau.

251. **Di Malta** il successo di tutta la guerra de li Gerli, seguita insino hora presente fra christiani e Turchi : con le battaglie e scaramuzze fatte de l'una e l'altra parte. *S. l.* (la dernière pièce signée di Malta, il di 14 d'agosto 1560), in-4, non rel.

252. **Leti**. Il Puttanismo romano, o Vero conclave generale delle puttane della corte per l'elettione del nuovo pontifice (aut. G. Leti). *S. l. (Hollande, Elzeviers)*, 1668, pet. in-12, cart., non rogn.

La belle édition, imprimée en petits caractères.

253. **Histoire** générale d'Espagne, comprinse en XXVII liures. Esquels se voyent les origines et antiquités espagnoles. A la fin du liure sont les généalogies des princes d'Espagne. *Lyon, Jean de Tournes*, 1587, in-fol., 1526 pages, plus préface et table, veau ant. (Aux armes.)

254. Abrégé chronologique de l'histoire d'Espagne, p. Désormeaux. *Paris, Duchesne*, 1758, 5 vol. in-12, v. marb.

255. Mémoires de la cour d'Espagne. *La Haye, A. Moetjens*, 1691, 2 tomes en 1 vol. pet. in-12, bas.

256. Vita di Pietro Giron duca d'Ossuna, vicere di Napoli, scritta da Greg. Leti. *Amsterdamo, Gallet*, 1699, 3 vol. in-12, fig., veau.

257. Historia general del reyno de Mallorca, dedicada a las muy ilustres y magnificos señores jurados de Mallorca. Compuesto por el doctor Juan de Meto. *Mallorca, Gabr. Guasp.*, 1684, 2 vol. in-fol., parch.

Le premier volume mouillé, et la table du second volume (2 feuillets) endommagée.

258. Histoire générale du Portugal, par M. Lequien de la Neufville. *Paris, Anisson*, 1700, 2 vol. in-4, fig., v.

259. L'Estat présent de l'Angleterre, avec plusieurs réflexions sur son ancien état, par Ed. Chamberlayn. *Amsterdam*, 1671, 2 vol. pet. in-12, vél.

260. Histoire du schisme d'Angleterre de Sanderus, traduite en françois par Maucroix, chanoine de Rheims. *Sur la copie imprimée à Paris*, 1683, pet. in-12, veau.

261. Mémoires concernant Christine reine de Suède, pour servir d'éclaircissement à l'histoire de son règne, et principalement de sa vie privée, et aux événements de l'histoire de son temps, civile et littéraire. *Amsterdam*, 1751, 4 vol. gr. in-4, portr., vél.

262. Mémoires de ce qui s'est passé en Suède et aux provinces voisines depuis 1645-1655. Ensemble le démêlé de la Suède avec les Polonais, par Linage de Vauciennes. *Cologne, P. Marteau*, 1677, 3 vol. pet. in-12, v.

263. S. Liberi baronis de Puffendorf de rebus a Carolo Gustavo, Sueciæ rege, gestis, commentariorum libri X. *Norinbergæ*, 1696, in-fol., vél. cordé.

Très-bel exemplaire d'un ouvrage qui contient de nombreuses gravures de Boulanger, W. Swidde, Dahlberg, Le Pautre et autres.

264. Abrégé chronologique de l'histoire du Nord ou des Etats de Dannemarc, de Russie, de Suède, de Pologne, la Courlande. Ensemble un précis historique concernant la Laponie, les Tartares, les Cosaques, les militaires des chevaliers teutoniques et livoniens; la notice des scavans et illustres, par Lacombe. *Paris, Herissant*, 1762, 2 vol. pet. in-8, v. fil.

265. Histoire de Pierre I, surnommé le Grand, empereur de toutes les Russies. Enrichie de plans de batailles et de médailles. *Amsterdam*, 1742, 3 vol. pet. in-8, vél.

266. Mémoires du règne de Catherine, impératrice de toute la Russie. *La Haye, Alberts*, 1728, in-12, portr., fig., peau de truie.

267. Description historique de l'Empire Russien, p. Strahlenberg. *Amsterdam*, 1737, 2 vol. in-12, vél. bl. (Très-bel exemplaire.)

268. Jani Damiani de expeditione in Turcas elegia. Epistola Pisonis ad Coritium de conflictu Polonorum et Lituanorum cum Moscovitis. — — H. Penia, de gestis Sophi contra Turcas. — Epistola Sigismundi, Poloniæ regis, de victoria contra schismaticos Moscovios, etc. *Basileæ, Frobenius*, 1515, pet. in-4, vél.

Très-bel exemplaire, presque non rogné.

VIII. — ORDRES DE CHEVALERIE, TOURNOIS, BLASON.

269. Ordre (L') de cheualerie. — Cy finist lordre de cheualerie ou on peult facilement cognoistre et entendre la noblesse de cheualerie, la maniere de creer et faire les cheualiers, la signifiance de leurs harnoys et instrumens de guerre. *Lequel liure a esté nouuellement imprime a Lyon sur le Rosne et acheue le* xi *iour de iuilet lan de grace mil cinq cens et dix* (1510) *pour Vincent Portunaris de Trine, libraire, demourant au dict Lyon, en la rue Merciere* , in-fol., goth., fig. en bois, vél. (Anc. reliure.)

> Bel exemplaire. Brunet, III, p. 570, et nouvelle édition, vol. I, col. 1772 et 1773.

270. L'Ordene de chevalerie, avec une dissertation sur l'origine de la langue françoise, un essai sur les étymologies, quelques contes anciens, un glossaire, etc. *Lauzanne*, **1759**, pet. in-8, br.

271. Mémoires sur l'ancienne chevalerie, considérée comme un établissement politique et militaire. *S. l.*, **1753**, in-4, veau marbr.

272. Mémoires sur l'ancienne chevalerie, considérée comme un établissement politique et militaire, par M. de la Curne de Sainte-Palaye. *Paris, Duchesne*, **1759**, 2 vol. pet. in-8, bas.

273. Livre de tournois, par Rüxner. Avec un texte en allemand. *Simmern, S. Rodler*, **1530**, in-fol., goth., fig., rel. en bois.

> Première édition, de la plus grande rareté. Ouvrage *rempli de blasons.*
> Ce volume, orné de nombreuses et belles gravures en bois, a été imprimé au château de Simmern avec les caractères du « *Theurdanck* ».

274. Bemerkungen über Waffen, Rüstung und Kleidung im Mittelalter, von Karl von Sava. *Wien*, **1848**, in-4, fig., broch.

275. Origine des dignitez, magistratz, offices et estats du royaume de France (p. Fauchet). *Lyon, Rigaud*, **1572**, in-16, vél.

276. Les Œuvres de feu M. Claude Fauchet, premier président de la Cour des monnoies. (Antiquitez gauloises ou françoises. — Origines des chevaliers, armoiries et heraux des armes dont les François ont usés dans leurs guerres. — L'origine de la langue et poësie françoise, ryme et romans, etc.) *Paris*, **1610**, in-4, maroq. rouge, fil. à fr., tr. dor. (Bel exempl.)

277. Abbildungen aller Ritterorden. C'est-à-dire : Représentation de tous les ordres réguliers et séculiers, et des ordres de chevalerie, avec l'explication en allemand, par F. Schwan. *Manheim* , **1779 1794**, 46 cah. en 2 vol. in-4, dem.-rel. (Sera vendu sous le n° 54.)

> Exemplaire en papier de Hollande dont les planches ont été soigneusement coloriées.

278. Théâtre des plus célèbres ordres de chevalerie, dess. par Eichler (en allem.) *Augsbourg*, **1756**, in-18, cart. (Belles figures de costumes.)

279. Almanach der Ritterorden, von Fr. Gottschalck. *Leipzig, Goeschen*, **1817-19**, 3 vol. in 8, fig. color., cart.

280. Noticia de las ordenes de caballeria de España, cruces y medallas de distintion, con estampas. 2 vol. in-16 avec 72 planches, publ. à *Madrid* en **1815**, et rel. en bas, espagnole.

281. Die Ritter-Orden, Ehren-Verdienst-Zeichen, sowie die Orden adeliger Damen in Königreiche Bayern, von L. von Coulon. *München,* 1838, in-8, planches color., cart.

282. Recherches historiques de l'ordre du St-Esprit (et sur l'ordre de St-Michel). *Paris, Jombert,* 1710, 3 tom. en 2 vol., veau fauve, fil.

283. Créations des chevaliers de l'ordre du St-Esprit faits par Louis le Grand, ou Armorial historique des chevaliers de l'ordre, très-exactement recherché, blazoné, et orné de suports et cimiers, par F. de la Pointe. *Paris,* 1689, gr. in-4, près de 200 planches, veau.

284. Constitutiones ordinis Velleris aurei. (*Antverpiæ, Plantinus,* vers 1560), in-4, vél., tr. dor.

> Très-bel exemplaire, *imprimé sur* VÉLIN. 1 f. blanc, titre, 2 ff. cont. des armoiries gravées par C. Galle, 4 ff. non chiffr., 91 p., plus 2 ff. blancs.

285. Le Blason des armoiries de tous les chevaliers de l'ordre de la Toison d'or, depuis la première institution jusques à présent, avec leurs noms, surnoms, tiltres et cartiers, ensemble leurs éloges y descrittes en bref, le tout recueilly par J.-B. Maurice. (*Anvers,* 1665,) in-fol., gr. nombre de blasons, veau.

286. Historia de la insigne orden del Toyson de oro, escrita por D. Julian de Pinedo y Salazar. *Madrid, imprenta real,* 1787, 3 vol. in-fol., cart. en toile.

287. Regla de la orden y cavalleria de S. Santiago de la espada..., por F. de la Portilla. *En Anveres, en la emprenta Plantiniana,* 1598, in-8, peau.

288. Commentatio de honoratissimo ordine militari *de Balneo...,* acc. statuta idiomate anglico et latino versa opera J. Ch. Dithmari. *Francofurti ad Viadr.,* 1729, in-fol., gr. nombre de blasons, cart.

289. Statuten des Herzoglich Braunschweigischen Ordens Heinrichs des Löwen. *Braunschweig,* 1834, in-fol., 9 planches, broch.

290. —— Le même livre. 2e édition. *Braunschweig,* 1843, gr. in-4, 10 planches, broch.

291. Statuten des erneuerten Herzoglich Sæchsischen Haus-Ordens. S. l., 1833, gr. in-4, fig., cart.

292. Statuten des Grossherzoglich Sachsen-Weimarischen erneuerten Ritter-Ordens der Wachsamkeit oder vom weissen Falken. *Weimar,* 1815, in-4, fig., cart.

293. Breviarium equestre, seu de illustrissimo et inclytissimo ordine Elephantino, ejusque origine, progressu ac splendore hodierno....., a Jano Bircherodio. *Havniæ,* 1704, in-fol., figures et blasons gr., cart.

294. Der Elephanten-Orden und seine Ritter, von J. H. F. Berlien. *Kopenhagen,* 1846, in-8, cart.

> Grand nombre de planches, en noir, en argent et couleurs. L'ouvrage ne se trouve pas dans le commerce.

295. Della origine de' cavalieri di M. Francesco Sansovino, libri quatro. Con gli statuti et leggi della Gartiera, del Tosone, di San Michele, et della Nunziata. *Venetia, Sessa,* 1570, pet. in-8, blasons grav. sur bois, vél.

296. Banderia Prutenorum, oder die Fahnen des Deutschen Ordens und seiner Verbündeten, welche in Schlachten und Gefechten des 15 Jahrhunderts eine Beute der Polen wurden. Herausg. von T. A. Vossberg. *Berlin,* 1849, in-8, fig., cart.

297. Adels-Spiegel. Historischer, ausführlicher Bericht, was Adel sei und heisse, etc., durch Cyriacum Spangenberg. *Smalkalden*, 1591-94, 2 vol. in-fol., fig. sur bois, cart.

Exemplaire fatigué, avec le titre du premier volume en manuscrit.

298. Untersuchungen über den Geburtsadel und die Möglichkeit seiner Fortdauer im neunzehnten Jahrhundert, von dem Verfasser des neuen Leviathan. *Berlin*, 1807, in-8, br.

299. La Vraye et parfaite science des armoiries, ou l'Indice armorial de feu maistre Louvan Geliot, advocat au parlement de Bourgogne, apprenant et expliquant sommairement les mots et figures dont on se sert au blason des armoiries, et l'origine d'icelles, par Pierre Palliot. *Dijon, P. Palliot*, 1660, in-fol., fig., vél.

Exemplaire du chancelier Seguier, vendu 35 fr. à sa vente.

300. Le Roy d'armes, ou l'Art de bien former, charger, briser, timbrer, parer, expliquer et blasonner les armoiries..., par Marc Gilbert de Varennes. *Paris, J. Billaine*, 1640, in fol., vél.

301. La Science héraldique du blazon, contenant l'origine et l'explication des armoiries. *Paris, Loyson*, 1675, in-4, fig., d.-rel.

302. L'Art héraldique, contenant la manière d'apprendre facilement le blason, par A. Playne. *Paris, Osmont*, 1717, in-12, fig., vél. (Bel exempl.)

303. La Science de l'homme de qualité, ou Idée générale de la cosmographie, de la cronologie, de la geographie, de la fable..., accompagnée d'un traité de la souveraineté en général, du blason et des autres marques de la vraye noblesse..., par D. George Ponza. *Turin*, 1684, in-4, fig. de blasons et cartes, bas.

304. La Nouvelle méthode raisonnée du blason, pour l'apprendre d'une manière aisée, par le P. C. F. Menestrier. *Lyon, Bruyset*, 1734, in-12, fig., veau marbr., fil.

305. Nouvelle méthode raisonnée du blason ou de l'art héraldique du P. Menestrier. Mise dans un meilleur ordre et augmentée de toutes les connoissances relatives à cette science, par M. L. *Lyon, P. Bruyset Ponthus*, 1780, pet. in-8, blasons, d.-rel.

306. Blason ou art héraldique, contenant 29 planches, dont 26 simples et une triple. In-fol., non rel. (De l'Encyclopédie.)

307. Historia insignium illustrium, seu operis heraldici pars specialis, continens delineationem insignium plerorumque regum, ducum, principum, comitum et baronum in cultiori Europa..., autore Ph. J. Spenero. *Francofurti*, 1680, in-fol., vél.

308. Conspectus heraldicæ, succincta, curiosa et perspicua ratione adornatæ. *Hamburgi*, (circa 1700,) 2 part. en 1 vol. in-8, obl., fig., vél.

309. S. Feschii dissertatio de insignibus eorumque iure. Bart. de Saxoferrato tractatus de insigniis et armis. *Altorfii*, 1727. — De eo quod iustum est circa galeam, a C. A. de Im-Hof. *Ibid.*, 1726. — In-4, broch.

310. J. W. Triers Einleitung in die Wapen-Kunst. *Leipzig*, 1714, in-8, fig. (en parties color.), bas.

311. —— Le même ouvrage; édition augmentée. *Leipzig*, 1720, in-8, fig., vél.

312. Einleitung zur Heraldic, von S. J. Jungendres. *Nurnberg*, 1729, in-8, planches, cart.

313. Vollstændige Wappen-Kunst, nebst der Blasonirung des Hochfurstl. Brandenb. Culmbachischen Wappens, von J. P. Reinhard. *Nurnberg.* 1747, in-8, frontisp. et 23 planches, vélin.

314. Handbuch der neuesten Genealogie und Heraldik, par Gatterer. *Nurnberg*, 1763, gr. in-8, blasons, cart.

315. Das Braunschweig' sche Wappen, mit seiner Entstehung. In-4, mar. rouge, dent., tr. dor.

> Beau manuscrit sur papier, avec un grand nombre de blasons coloriés. (V. Praun, bibl. n. 554, e.)

316. L'Armi, overo insegne de' nobili, scritte dal signor Filib. Campanile, ove sono i discorsi d'alcune famiglie nobili, così spente, come vive del regno di Napoli. *Napoli, Longo,* 1610, in-fol., blas., grav. sur bois, peau.

317. Raccolta di targhe fatta da professori primarii in Roma, disegnate, ed intagliate dal cav. D. Fil. Juvarra. *Roma, Salvioni,* 1722, in-4, 53 planches, veau.

318. Ciencia heroyca reducida a las leyes heráldicas del blason, illustrada con exemplares de todas las piezas, figuras, etc., su autor el Marques de Avilés. *Madrid, Ibarra,* 1780, 2 vol. pet. in-8, 61 planches, bas. esp.

IX. — GÉNÉALOGIE, NOBLESSE.

319. Joh. Hubners genealogische Tabellen (Tableaux généalogiques des maisons nobles allemandes, françaises, anglaises, espagnoles, italiennes, etc.). *Leipzig*, 1717-1733, 4 vol. in-fol. obl., vél.

> Précieux exemplaire avec plus de 10,000 augmentations autographes par le généalogiste Imhoff.

320. Hubners genealogische Tabellen. *Leipzig*, 1728-1744, 4 vol. rel. en 2 in-fol. d.-rel., maroq.

> Cet ouvrage important n'a été remplacé par aucun autre.

321. Quatuordecim tabulæ genealogicæ. quibus exhibentur præcipuæ familiæ hodiernorum principum imperii. *Tubingæ, J. G. Cotta,* 1670, in-fol., cart.

322. Neue genealogisch-historische Nachrichten, von den vornehmsten Begebenheiten, welch sich an den Europæischen Hœfen zutragen, worin zugleich vieler Stands-Personen Lebens-Beschreibungen vorkommen. *Leipzig*, 1750-1762, 160 part. en 13 vol. — Fortgesetzte neue genealogisch-historische Nachrichten. *Leipzig*, 1762-1777, 168 part. en 14 vol. — Ensemble, 27 vol. in-8, d.-rel.

> Collection introuvable.

323. Le Grand armorial universel, par Nolin. *Paris, P. Bessin et Est. Loyson, s. d.,* (1644), in-fol., veau.

> Blasons coloriés avec soin, et un grand nombre d'augmentations manuscrites.

324. Das new Wapenbuch darinnen dess H. Rœm. Reichs hohen Potentaten, Princen und Herrn **3320** wapen zu druck verfertigt. Durch

Joh. Siebmachern de Nurnberg. *Norimbergæ*, **1605**. - Newen Wapen-
buchs II. Theil, bey **2400** Kupfferstück. *Norimbergæ*, **1609**, 2 vol. en **1**
in-4, obl., mar. à comp., ferm.
Première édition fort rare aux armes des Kress.

325. Das grosse und vollstændige, anfangs Siebmacherische, hernacher
Fürstische und Helmerische, nun aber Weigelsche Wappenbuch, in sechs
Theilen (14767 blasons). *Nurnberg*, **1734**, 6 part. en **1** vol. in-fol., vél.
— Supplément ı à ıv. *Nurnberg*, **1753-67**, 1 vol. in-fol., veau. (Avec ad-
ditions mss. et blasons, dess. par M. de K.)

326. Der durchlauchtigen Welt vollstændiges Wappenbuch. *Nurnberg*, **1767-74**, 4 vol. in-8, vél. et cart.
178 et 472 planches de blasons.

327. Die Durchlauchtige Welt, oder genealogische, historische und
politische Beschreibung meist aller hohen Personen in Europa. *Hamburg*,
1704, in-12, fig., vél.

328. Almanach des ambassades, ou Liste générale des ambassadeurs,
envoyés, ministres, résidens, chargés d'affaires, consuls... près les puis-
sances et dans les villes et ports de l'Europe, par A. T. Wedekind. *Bron-
svic*, **1804**, in-12, broch.

329. Tablettes de tous les ministres publics de l'Europe pour l'année
1729. *Amsterdam, Wetstein et Smith*, **1729**, pet. in-12, veau.

330. Calendrier des princes et de la noblesse, contenant l'état actuel des
maisons souveraines de l'Europe et de la noblesse de France. *Paris,
Duchesne*, **1762-64**, 3 vol. in-12, veau.

331. Jæhrliches genealogisches Handbuch. *Leipzig*, **1733**, in-8, intercalé
de pap., vél.
Avec additions manuscrites et blasons dessinés par M. de Koch.

332. Der Durchleuchtigen Welt Geschichts-Geschlechts und Wappen-Calender auf das Jahr 1743. *Nurnberg*, **1743**, gr. in-8, gr. nombre
de pl., cart., n. r.

333. G. Schumanns genealogisches Hand-Buch, ausgefertigt von G. F.
Krebel. *Leipzig*, **1760**, 2 tomes en **1** vol. in-8, veau. (Aux armes.)

334. Wappen-Calender auf das Jahr 1764, von J. C. Gatterer.
Nurnberg, **1764**, in-8, gr. nombre de pl. d'armoiries, cart.

335. Gothaischer Hofkalender. Gotha, **1831-43, 45, 49, 50, 51, 53,
54, 59**. 21 vol. — Gothaisches Taschenbuch der Graeflichen Haeuser.
Gotha, **1828, 29, 31, 33, 35-49, 51-53, 55**. — 23 vol. — Almanach de
Gotha. **1846-48**, 3 vol. — Ensemble 47 vol. in-18, portr., cart.

336. Annuaire généalogique et historique. *Paris*, **1822**, in-18, br.

337. Annuaire historique pour l'année 1845. *Paris, Renouard*, **1844**,
in-18, br.

338. Genealogisches Taschenbuch für das Jahr 1829 et 1830, herausg.
von F. Gottschalck. *Stuttgart*, **1829**, 2 vol. in-18, cart.

339. Genealogisch-historisch-statistischer Almanach. *Weimar*, **1832**,
in-18, cart., n. rogn.

340. Archives nobiliaires universelles, publ. sous la direction de M. de
Magny. *Paris*, **1843**, gr. in-8, fig., broch.

341. Archiv für Geschichte und Genealogie, von F. v. der Knesebeck.
Erster Band. *Hannover*, **1842**, in-8, br.

342. Teatro della nobilità del mondo, del Sig. Dom. Filad. Mugnos. *Napoli, Nouello de Bonis,* 16*0, in-fol., blas. grav. sur bois, vél. cordé, dor.

> Avec quelques augmentations manuscrites de M. de Koch.

343. J. C. Gatterer, Abriss der Chronologie. Gœttingen Dietrich, **1777.** — Histoire de Samuel, inventeur du sacre des rois. *Paris,* 1819. — Notices sur les anciens Trévirois, suivies de recherches sur les chemins romains qui ont traversé le pays des Trévirois, par J. B. M. Helzrodt. *Trèves,* 1809. Et d'autres pièces dans le même vol., in-8, d.-rel.

344. Illustrium familiarum in Gallia genealogiæ a prima earundemque origine usque ad præsens ævum deductæ. Auct. J. W. Imhoff. *Norimbergæ,* 1687, in-fol., blas. grav. en bois, vél.

> Avec une très-belle lettre *autographe et signée* de d'Hozier à Imhoff au sujet de ce volume qu'il trouve fort bien rédigé.

345. Excellentium familiarum in Gallia genealogiæ a prima earundem origine usque ad præsens ævum deductæ, auctore J. W. Imhoff. *Norimbergæ,* 1677, in-fol., blasons grav. sur bois, vél.

346. Dictionnaire héraldique contenant les armes et les blasons des princes, prélats, grand officiers, etc., avec celles de plusieurs maisons et familles du royaume de France, par Chevillard le fils. *Paris, Ganau,* 1722, pet. in-8, fig., v.

347. Armorial des principales maisons du royaume, particulièrement de celles de Paris et de l'Isle de France, par Dubuisson. *Paris,* 1757, 2 vol. in-12, fig., veau.

348. Dictionnaire de la noblesse, contenant les généalogies, etc., des familles nobles de France, par F. Alex. La Chesnaye des Bois. *Paris,* 1770 et années suiv., 15 vol. in-4, cart. (Mouillures dans quelques vol.)

> Exemplaire avec les suppléments très-rares. Un exemplaire a été vendu 1855 fr. à la vente Solar.

349. Dictionnaire universel de la noblesse de France, par M. de Courcelles. *Paris,* 1820-22 (vol. 1 à 5), 5 vol. in-8, cart.

> M. de Koch a dessiné au crayon sur les marges les armoiries des différentes familles dont il est question dans l'ouvrage.

350. Histoire généalogique et héraldique des pairs de France, des grands dignitaires de la couronne, des principales familles nobles du royaume, et des maisons princières de l'Europe, précédée de la généalogie de la maison de France, par le chev. de Courcelles. *Paris,* 1832-33, 12 vol. gr. in-4, blasons grav., cart. en toile.

351. Annuaire de la pairie et de la noblesse de France, et des maisons souveraines de l'Europe, publié sous la direction de M. Borel d'Hauterive. *Paris,* 1843-59, 15 vol. in-18, fig., broch. (Avec quelques notes au crayon de la main de M. de Koch.)

352. Armorial des familles nobles de France, contenu dans le Dictionnaire de noblesse, par Duchesne. *Brunswick,* 1816, 480 planches en 1 vol. d.-rel., mar. r., tr. dor., et 47 pl. non rel.

> Manuscrit autographe, avec dessins à l'encre de Chine, de M. de Koch. Au commencement, on lit la note suivante de sa main :
>
> « Cet ouvrage doit contenir toutes les armes des familles nobles de France qui sont exposées dans le Dictionnaire de Duchesne, à l'exception de celles qui sont déjà représentées dans l'Armorial de Dubuisson et dans le Dictionnaire héraldique par Chevillard fils. Chaque volume en contiendra deux du Dictionnaire, et une table des figures héraldiques représentées, pour faciliter les recherches. A la fin de tout l'ouvrage,

on ajoutera dans un volume supplémentaire des armes qui ne sont contenues ni dans l'un ni dans l'autre de ces ouvrages. »

Ce grand travail de M. de Koch n'a pas été terminé.

353. Nobiliaire de la France. In-8, n. rel.

409 planches dessinées à la plume par M. de Koch, qui avait fait graver des cartouches qu'il remplissait ou à l'encre de Chine ou aux couleurs différentes.

354. Armorial général de l'empire français, contenant les armes des princes, ducs, comtes et barons. *Brunswick*, 1816, 2 tomes en 1 vol. in-fol., d.-rel., mar. rouge, tr. dor.

212 et 111 planches, avec un grand nombre de blasons dessinés, avec souscription en français. Le tout autographe de M. de Koch.

355. Armorial historique de la noblesse de France, recueilli et rédigé par un comité, publié par M. de Milleville. *Paris*, 1846, in-4, broch.

M. de Koch a dessiné au crayon sur les marges les blasons des familles citées dans l'ouvrage.

356. L'Etat de la France, où l'on voit tous les princes, ducs et pairs, maréchaux de France et autres officiers de la couronne, les évêques, les cours qui jugent en dernier ressort, les gouverneurs des provinces, les chevaliers des ordres, etc. *Paris, Loison*, 1687, 2 vol. in 12, blasons grav. sur bois, veau. (Rare.)

357. Almanach royal pour les années 1718, 1751, 1765, 1777, 1778, 1784, 86, 91, 1814-15, 1833 — Almanach impérial, 1805, 7, 8, 9, 11, 12. — Ensemble 15 vol. in-8, rel. et broch.

358. Almanach de la noblesse du royaume de France pour l'année 1846. *Paris*, 1846, in-18, br.

359. Etrennes de la noblesse, ou Etat actuel des familles nobles de la France. *Paris*, 1775, in-12, broch.

360. Histoire généalogique et chronologique de la maison royale de France, des pairs, etc., par le P. Anselme de Sainte-Marie. *Paris*, 1726-1733, 9 vol. in-fol., fig. en bois. cart., non rogn.

Devenu très-rare.

361. Recueil des roys de France, leurs couronne et maison, ensemble le rang des grands de France, par Jean du Tillet, etc. *Paris, Mettayer*, 1617, gros vol. in-4, portr. et blasons grav. sur bois, vél., tr. bleue, gaufr.

362. Collection de pièces imprimées et manuscrites sur les princes légitimés, leurs différents avec les princes du sang sur les duchés et pairies, et beaucoup d'autres sur la noblesse de France, 1680-1725. Plus de 50 cahiers in-fol., et in-4, cart. dans un vol. in-folio.

363. Etat militaire de France, par de Montandre et Roussel. *Paris*, 1763, in-12, veau. — Calendrier de la paix pour 1741. *Paris*, 1741, pet. in-8, fig. et blasons grav. sur bois, veau.

364. Histoire de la pairie de France et du parlement de Paris, par M. D. B. *Londres*, 1740, pet. in-8, br.

365. Histoire des connestables, chanceliers et gardes des seaux, maréchaux, admiraux, surintendans de la navigation et généraux des galères de France : Des grands-maîtres de la maison du roy : et des prevosts de Paris : Depuis leur origine avec leurs armes et blasons. Composé par Jean le Freron, cont. par Denys Godefroy. *Paris, imprimerie royale*, 1652, gr. in-fol., fig. en bois, veau.

366. Le même livre. *Paris, impr. royale*, 1658, gr. in-fol., veau. (Aux armes de Mazarin)

367. Gouverneurs, lieutenans du roy, prevôts des marchands, échevins, procureurs, avocats du roy, greffiers, receveurs, conseillers et quartiniers de la ville de Paris. Gravées (*sic*) par Beaumont. (*Paris*, vers 1760), in-fol., mar. rouge à large dent., tr. dor. (Belle rel. anc., aux armes.)

> Recueil entièrement gravé; on l'a continué jusqu'à 1780 par un grand nombre de blasons ajoutés.

368. Histoire du Berry, abrégée dans l'Eloge panégyrique de la ville de Bourges (par Labbe). (Les pages 113-151 contiennent : Blasons des armoiries des familles nobles de Bourges et du Berry.) *Paris, G. Meturas*, 1647, in-12, vél. (Aux armes.)

369. Histoire du Beaujolais et des sires de Beaujeu, suivi de l'armorial de la province, par le baron F. de La Roche La Carelle. *Lyon, Louis Perrin*, 1853, 2 vol. très-gr. in-8, fig. et blasons, mar. rouge, fil., tr. dor.

370. Statuts et privilèges de la noblesse franche et immédiate de la Basse-Alsace, accordés par les anciens empereurs et augmentés par le roy (en français et allemand). *Strasbourg*, 1713, in-fol., d.-rel., vél.

371. Hof und Staats-Handbuch des Königreichs Westphalen. *Hannover*, 1811, in-8, br.

372. Histoire généalogique de la maison d'Auvergne, justifiée par chartes, titres, histoires anciennes et autres preuves authentiques, par M. Baluze. *Paris, Dezallier*, 1708, 2 vol. in-fol., fig., veau.

373. Histoire généalogique de la maison du Châtelet, branche puînée de la maison de Lorraine, justifiée par les titres les plus authentiques, etc., par Aug. Calmet. *Nancy, Cusson*, 1741, in-fol., fig. et blasons, veau.

374. Histoire généalogique des sires de Salins, au comté de Bourgogne, avec des notes historiques et généalogiques sur l'ancienne noblesse de cette province, par J. B. Guillaume. *Besançon, Vieille*, 1757-58, 2 tomes en 1 fort vol. in-4, fig., d.-rel., vél.

375. Histoire généalogique des maisons de Guines, d'Ardres, de Gand et de Coucy et de quelques autres familles illustres qui y ont esté alliées....., par André Du Chesne. *Paris, Cramoisy*, 1631, in-fol., fig. et blasons, bas. (Aux armes de Montbar.)

376. Les Mémoires de Michel de Castelnau, sgr de Mauvissière, illustrés de plusieurs commentaires et manuscrits. Avec l'histoire généalogique de la maison de Castelnau, et les généalogies de plusieurs maisons alliées à celle de Castelnau, par J. Le Labourcur. Nouvelle édition, avec 400 blasons grav. en taille-douce. *Bruxelles*, 1731, 3 vol. in-fol., veau.

377. Extrait des titres produits par L. E. F. Damas, comte Damas de Crux. ., pour les preuves de sa noblesse. Gr. in-fol., broch.

> Manuscrit sur papier, authentiqué en 1801, avec les armes peintes en or et couleurs.

378. Nobiliaire des Pays-Bas et du comté de Bourgogne..., par M. D*** S. D. H*** (Visiano, seigneur de Hœve). *Louvain*, 1760, 2 vol., veau. — Le Nouveau vrai supplément aux deux volumes du Nobiliaire des Pays-Bas. *La Haye*, 1774, 1 vol., br. — Supplément. *Louvain*, 1775, 1 vol., br. — Suite du Supplément. *Malines*, 1779, 5 vol., br. — Ensemble 9 vol. in-12.

387. **Nobiliaire** de la Belgique. In-fol., cart.

> Manuscrit autographe de M. de Koch, avec plusieurs centaines de blasons dessinés à la plume.

388. **Nobiliaire** de la Flandre Occidentale, par F. Van Dycke. Ouvrage enrichi de 496 blasons gravés en taille-douce. *Bruges et Paris*, **1860**, in-8, fig., br.

389. **Historiæ** comitum Flandriæ libri prodromi duo. Quid Comes? Quid Flandria? autore Ol. Vredio. *Brugis*, **1650**, in-fol., vél.

390. **Genealogia** comitum Flandriæ a Balduino Ferreo usque ad Philippum IV, auctore Oliv. Vredio. *Brugis Flandrorum*, **1642**, gros vol. in-fol., fig., vél. bl. (Au chiff.)

391. **Sigilla** comitum Flandriæ et inscriptiones diplomatum ab iis editorum, cum expositione historica Ol. Vredii. *Brugis Flandrorum*, **1639**, in-fol., fig., vél. bl. (Au chiffr.)

392. **Les Marques** d'honneur de la maison de Tassis. *Anvers, de l'impr. Plantinienne de B. Moretus*, **1645**, in-fol., fig. et portraits, veau.

> La grande et belle planche de l'enterrement de J.-B. de Tassis a été gravée par W. Hollar ; les autres planches ont été gravées par Pontius, C. Galle et autres.

393. **Généalogie** de la très-illustre, très-ancienne et autrefois souveraine maison de La Tour, où quantité d'autres familles trouveront leur extraction et parentage, tirée par les plus célèbres auteurs héraldiques d'anciens monumens, archives et autres antiquités, et recueillie par le Sr. Flacchio, héraut et roi d'armes. *Bruxelles, Claudinot*, **1709**, 3 vol. gr. in-fol., nombreuses pl., d.-rel.

394. **Lettres** de noblesse pour Ch. E. Niepage, signées par Charles VI, le 21 novembre 1723, in-fol., velours cramoisi.

> Pièce authentique, signée par l'empereur, d'une belle exécution calligraphique, avec une miniature représentant les armes de Niepage, au recto du Cᵉ feuillet.

395. **Regum** pariumque Magnæ Britanniæ historia genealogica, qua veterum juxta et recentium in illa familiarum origines, stemmata, et res memorabiliores ordine ad novissimum Angliæ statum aptato, recensentur atque explicantur, additis æneis insignium tabulis et indice necessario, studio ac opera J. W. Im Hoff. *Norimbergæ, Endter*, **1690**, in-fol., fig. de blasons, vél.

396. **Jac. W. Imhofii** notitia S. Rom. imperii procerum historica-heraldica-genealogica. *Tubingæ*, **1693**. — Magnæ Britanniæ historia genealogica, qua veterum juxta ac recentium in illa familiarum, origines, stemmata et res memorabiliores, ordine ad novissimum Angliæ statum explicantur. Auct. J. W. Imhof. *Norimbergæ*, **1690**, blasons grav. en taille-douce. — Joa. Ludolfi ad suam historiam Æthiopicam, commentarius. 4 ff. prél., 32 et 630 pages. *Francofurti*, **1691**, fig. — 3 vol. en 1 in-fol., vél.

397. **The Peerage** of England, or an historical and genealogical account of the present nobility. *London*, 1714-15, 2 tomes en 4 vol. in-8, blas. grav. sur bois, veau.

398. **The british** compendium. *London*, **1721**, 55 planches. — The irish compendium. *London*, **1722**, 86 planches.—Ensemble, 2 vol. in-18, veau.

399. **The irish** compendium, or rudiments of honour, containing the

descents, marriages, issue, titles, posts and seats of all the nobility of Ireland. *London*, 1745, in-18, 113 planches de blasons, veau.

400. The pocket herald, or a complete view of the present peerage of England, Scotland and Ireland, with all the armes engraved and blazoned. *London*, 1769, 2 vol. pet. in-12, 56 planches de blasons, veau.

401. The new peerage, or ancient and present state of the nobility of England, Scotland and Ireland. *London*, 1778, 3 vol. in-8, 36, 16 et 27 planches de blasons, cart., non rogn.

402. Debrett's correct peerage of England, Scotland and Ireland, with the extinct and forfeiled peerages of the three kingdoms. *London*, 1816, 2 vol. in-12, 80 planches de blasons, cart. n. rogn.

403. The present peerage of the United Kingdom for the year 1818, with the arms of the peers. *London*, 1818, in-8, 72 pl., cart., non rogn.

404. The peerage of the british empire, as at present existing, by E Lodge. — The genealogy of the existing british peerage, with brief sketches of the family histories of the nobility. *London*, 1832, 2 vol. in-8, 88 planches, cart. en toile.

405. Sharpe's present peerage of the british empire, 1834, with a new and comprehensive list of the daughters of the nobility who have been married to commoners. *London*, 1834, pet. in-8, fig. de blasons, cart. en toile, tr. dor.

406. The royal kalendar, 1762, 1775, 1778, 1800. *London*, 1762-1800, 4 vol. in-12, bas. (Le dernier avec 88 planches d'armoiries.)

407. The Royal calendar for the year 1834. — Companion to the calendars for the year 1834. — The present peerage of the United Kingdom, 72 planches de blasons. — Ridgeways peerage of the United Kingdom, 38 planches. — *London*, 1834, 1 vol. in-12, mar. r., fil., tr. dor.

408. The London kalendar, or court and city register for England, Scottland, Ireland and the colonies (with the peerage). *London*, 1808, in-8, 110 planches de blasons, bas.

409. Die Hoheit des Teutschen Reichs-Adels durch Damian Hartard von Hattstein. *Bamberg*, 1751, 3 vol. in-fol., grand nombre de blasons, cart.

> Ouvrage le plus important sur la noblesse allemande publié jusqu'à nos jours.

410. Recueil d'armoiries coloriées de quelques familles nobles de l'Allemagne. In-fol., cart.

> Recueil factice, composé de 59 dessins anciens ; celui qui représente les armes de Seckendorf est sur vélin.

411. (Histoire des princes de l'Allemagne). Des Heil. Römischen Reiches Uhr-Alter Fürsten-Saal..., von F. Lucæ. *Franckfurt*, 1705, in-4, vél.

412. (Histoire des comtes de l'Allemagne.) Des Heil. Römischen Reichs Uhr-Alter Graffen-Saal..., von F. Lucæ. *Franckfurt*, 1702, in-4, d.-rel., vél.

413. Des Heil. Röm. Reichs genealogisch-historisches Adels-Lexicon, von J. F. Gauhen. *Leipzig*, 1740-47, 2 vol. in-8, cart.

414. Genealogisches Jahrbuch des deutschen Adels. Erster bis fünfter Jahrgang. *Stuttgart*, 1844-48, 5 vol. in-12, broch.

415. Neues adeliches Wappenwerk. Erster Theil. *Nurnberg, Tyroff*, 1798, gr. in-4, plus de 1000 blasons grav. s. cuivre, cart.

416. Annales, oder historische Chronick der Fürsten und Herren Habsburgischen Stammes, durch G. de Ros. Mit viler Fürsten, Grafen, Herrn und vom Adel aigentlichen Bildtnussen und Wappen. *Augsburg, Jo. Schultes*, 1622, in-fol., grand nombre de fig. et blasons grav. en bois, parch.

Armorial autrichien.

417. Die Lœblichen Herren Stænde des Ertz-Hertzogthumb Oesterreich ob der Ennsz, als Praelaten, Herren, Ritter und Staedte, oder genealog-und historische Beschreibung von deroselben Ankunfft, Wapen, Schild, etc., von J. G. A. von Hoheneck. *Passau*, 1727-32, 2 vol. in-fol., fig. de blasons, vél.

418. Osterreichisches Adels-Lexikon des 18ten und 19ten Jahrhunderts, durch J. G. Megerle von Muhlfeld. *Wien*, 1822. — Supplément, 1824, 2 vol. in-8, broch.

419. Genealogia diplomatica augustæ gentis Habsburgicæ..., opera et studio M. Herrgott. *Viennæ Austriæ*, 1737, **3** vol. gr. in-fol., fig., vél. bl.

Très-bel exemplaire sur grand papier.

420. Austria ex archivis Mellicensibus illustrata..., ed. Ph. Hueber. *Viennæ, Krauss*, 1743, in-fol., cart.

Plusieurs grandes planches représentant des antiquités, de l'orfévrerie, etc.; 38 autres représentant des sceaux.

421. Status particularis regiminis S. C. Maiest. Ferdinandi II. (*Amstelæd. Elzevir.*), 1637, in-32, bas.

422. Wappen und Titeln seiner K. K. Apostolichen Majestat Ferdinand des Ersten, Kaisers von Oesterreich. *Wien*, 1836, in-fol., 4 pl., broch.

423. Dictionnaire des familles nobles de la Prusse. Neues preussisches Adelslexicon, herausg von L. v. Zedlitz-Neukirch. *Leipzig*, 1836-39, 5 vol. in-8, cart.

424. Schlesischer Curiositæten erste (und zweite) Vorstellung, darinnen die ansehnlichen Geschlechter des schlesischen Adels, mit Erzehlung des Ursprunges, der Wappen, Genealogien der qualificirtesten Cavaliere, der Stammhæuser und Güter beschrieben, von Joh. Sinapio. *Leipzig*, 1720-28, 2 vol. in-4, vél. bl.

425. Gulichische Chronica, darinnen der uhralten hochlœblichen Grafen, Marggrafen und Hertzogen von der Marck, Gülich, Cleve, Bergen, etc. Ankunfft, Genealogi.... beschrieben durch M. Erichium. *Leipzig*, 1611, in-fol., fig. sur bois, bas.

426. Wappenbuch der Preussischen Rheinprovinz, mit Beschreibung der Wappen, herausg. von Th. Bernd. Nachtrag zu den Wappen des immatrikulirten Adels. *Bonn*, 1842, in-8, 25 planches, br.

427. Historiches Taschenbuch des Adels im Königreich Hannover, von W. B. F. von dom Knesebeck. *Hannover*, 1840, in-8, cart.

428. Kurtze gründliche Nachrichtung von des Fürstl-Hauses Braunschweig-Lüneburg uhralten Stam-Wapen und wie dasselbe von Jahren zu Jahren sich vermehrt, durch Schwarzkopf. In-4, cart. non rogn.

Manuscrit sur papier, du siècle passé, avec un grand nombre de blasons coloriés, dont les derniers représentent un nobiliaire du duché de Brunswick. A la fin du volume on a ajouté différents sceaux en cire des ducs et duchesses du pays.

429. Armorial du pays de Hildesheim. In folio, cart. non rogn.

Dessins coloriés de blasons du XVIIIe siècle. Beau volume.

430. Dessins d'armoiries de pays, villes, et de familles de la Basse-Saxe, surtout des familles du duché de Brunswick. In-fol., en carton.

796 dessins coloriés et avec souscription par M. de Koch.

431. Genealogiæ et familiæ illustrium et nobilissimorum comitum, baronum et dominorum qui adhuc cum suis titulis existunt et suas veteres perditiones possident in inferiori Saxonia, Angrivaria et Westphalia, autore H. Hamelmanno. *S. l.*. 1582, 3 part. en 1 vol., pet. in 8, vél. à comp.

432. Adelsbuch des Königreichs Baiern, herausg, von K. H. Ritter von Lang. *München,* 1815. Supplément. *Ansbach,* 1820, 2 vol. in-8, br.

433. Wappenbuch des gesammten Adels des Königreichs-Bayern, aus der Adelsmatrikel gezogen. *Nurenberg, Tyroff,* 1831-46, vol. X, 3, 4, et vol. XI à 15, 6 vol. in-8, broch.

434. Historiches und genealogisches Adelsbuch des Königreichs Wurttemberg, von F. Cast. *Stuttgart,* 1839, in-8, portr., cart.

435. Nobiliaire du grand-duché de Bade. Historiches und genealogisches Adelsbuch des Grossherzogthums Baden, von Fr. Cast. *Stuttgart,* 1845, in-8, portr., br.

436. J. F. Schannat de clientela Fuldensi beneficiaria nobili et equestri tractatus historico-juridicus. *Francofurti,* 1726, in-fol., fig. de blasons et de sceaux, cart.

437. Brevis notitia monasterii Ebracensis, S. ord. Cisterciensis in Franconia. *Romæ,* 1739. fig. d'antiquités et blasons, v., tr. dor.

438. Stemma genealogicum familiæ Gablkoverianæ, per J. B. de Gablkoven (en allem.). *Gotha,* 1709, in-fol. broch.

439. Grundliche Geschlechts - Historie des Hochadlichen Hauses der Herren von Münchhausen, von G. S. Treuer. *Gœttingen,* 1740, gr. vol. in-fol. 20 planches, bas. r.

440. Historia genealogica dominorum Holzschucherorum, patriciæ gentis tum apud Norimbergenses tum in exteris regionibus toga sagoque illustris..., acc. multæ tabulæ in æs incisæ, itemque codex omnis generis diplomata atque documenta complexus, auctore J. Chr. Gutterero. *Norimbergæ,* 1755, in-fol., fig. d'orfèvrerie, sceaux, etc., vél. blanc.

441. Pragmatische Geschichte des Hauses Geroldsek, wie auch der Reichsherrschaften Hohengeroldsek, Lahr und Mahlberg in Schwaben. *Frankfurt et Leipzig,* 1766, in-4, fig., cart., non rogn.

442. Geschlechts-Geschichte des Hochadligen Hauses von Campe, von J. H. Steffens. *Zelle,* 1783, in-4, fig., d. rel.

443. Nachrichten zur Geschichte des Dynasten und Freyherr en-Geschlechts von Krosigk, zusammengestellt aus Urkunden, von R. von K. (Krosigk). Mit einer Stamm-und einer Wappentafel. *Berlin,* 1856, 1 vol. in-4, d.-rel. mar. (aux armes) et une table généalogique en étui.

Tiré à petit nombre et non destiné au commerce.

444. Historia Italiæ et Hispaniæ genealogica, recens. J. W. Im-Hof. *Norimbergæ,* 1701. — Corpus historiæ genealogicæ Italiæ et Hispaniæ, recensente J. W. Imhof. *Ibid.,* 1702, 2 vol. en un, in-fol., blas. grav. sur bois, vél.

445. Origine e fatti delle famiglie illustri d'Italia, di M. Franc. Sansovino. *Venetia, Combi,* 1670, in-4, cart.

446. Blasons et armoiries des grandes familles de l'Italie. Gr. in-fol., en carton.

> Recueil dessiné par M. de Koch, avec souscriptions en allemand. Plus de 100 ff.

447. Nobiliaire de l'Italie. Gr. in-fol., non rel.

> Plusieurs centaines de blasons dessinés à l'encre par M. de Koch.

448. Pauli Jovii vitæ XII vicecomitum, Mediolani principum. *Lutetiæ, ex off. Rob. Stephani*, 1559, pet. in-4, portraits grav. en bois, cart.

> Exemplaire presque non rogné. Les beaux portraits ont été gravés par GEOFFROY TORRY.

449. Almanacco reale per l'anno 1808 e 1810. Milano, stamp. reale, 1808-10, 2 vol. gr. in-8, cart.

450. La Nobilita veneta, o'sia tutte le famiglie patrizie con le figure de suo scudi et arme, historia di D. C. Freschot. *Venetia, vers* 1700, in-12, fig. de blasons veau. (Manque le titre.)

451. —— Le même, 2e édition. *Venetia*, 1707, in-12, fig. de blasons, d.-rel.

452. Nobiliaire de la Vénetie. Der Adriatische Lœw. (Le lion de l'Adria-tique, par Wagenseil). *Altdorf*, 1704, pet. in-8, gr. nombre de planches, d.-rel.

453. Delle famiglie nobile fiorentine di Scipione Ammirato parte prima. *Firenze, Giunti*, 1615, in-fol , fig., veau, fil. (Anc. rel.)

> Exemplaire sur grand papier.

454. Della felicità di Padova di Ang. Porsenari libri nove, nelle quali, mentre con nuovo ordine historico si proua ritrovarsi nella città di Pa-dova le conditioni alla felicità civile pertinenti; si raccontano gli anti-chi e moderni suoi pregi et honori et in particolare si commemorano li citta-dini suoi illustri per santità, prelature, lettere, arme e magistrati. *Padova, P. Tozzi*, 1623, infol., fig. sur bois et sur cuivre, vél.

455. Oalendario generale pé regii stati. *Torino*, 1837, gr. in-8, cart. en toile.

456. Almanacco della ducal corte di Parma. Parma, tipogr. ducale, 1829, pet. in-8, cart. — Il calendario del corte. *Parma, stamp. reale*, 1777, in-18, veau.

457. Almanacco di corte per l'anno 1829 e 1832. *Modena*. 1829-32, 2 vol. in-18, cart.

458. Oalendario della corte. *Napoli*, 1776. — Notizie per l'anno 1777. *Roma*, 1777. — Diario del anno 1777. *Venetia*, 1777, portr. 3 vol. pet. in-12, cart.

459. Almanacco reale del regno delle due Sicilie, per l'anno 1836, *Napoli, stamperia reale*, 1836, in-8, cart. en toile.

460. Oardinaux, évêques, etc., de l'Italie. Recueil de pièces imprimées, avec blasons, grav. sur bois. Forte liasse in fol.

461. Fasti cardinalium omnium sanctæ Romanæ Ecclesiæ, cum stemmate gentilitio cuiusque cardinalis, etc., auctore J. Palatio. *Venetiis*, 1703, 4 tomes en 3 vol. gr. in-fol., blasons, grav. sur bois, veau.

462. De legatis et nuntiis pontificum eorumque fatis et potestate. S. l., 1785, in-8, cart.

463. Notizie per l'anno 1837. *Roma*, 1837, pet. in-8, portr. de Gre-goire XVI, cart.

464. L'historia di casa Orsina, di Franc. Sansovino, nella quale oltre all'origine sua, si contengono molte nobili imprese fatte da loro in diuerse provincie, etc. *Venetia, Stagnini*, 1565, in-fol., vél.

Beaux portraits gravés à l'eau-forte et entourés de bordures variées. Très-bel exemplaire.

465. **Genealogia** rectæ, imperturbatæque lineæ excellentissimi principis Antonii-Rambaldi Collalti comitis ab anno 930 usque ad annum 1729. (*Viennæ*, 1729), gr. in-fol., portr. et blasons, broch.

Recueil entièrement gravé.

466. **Tabulæ** genealogicæ gentis Carrettensis et marchionum Savonæ Finarii, Clavexanæ, etc., édit. J.-B. Columbus. *Vindobonæ*, 1741, in-fol., cart.

467. **Armorial** de l'Espagne, 2 vol. gr. in-fol., cart., et un volume en carton.

Recueil entièrement dessiné, avec souscriptions en français, de la main de feu M. de Koch ; plus de 400 ff.

468. **Dialogos** de las armas i linages de la nobleza de Espana, los escrivia D. Ant. Agustin, arzobispo de Tarragona, publ.... por G. Mayans y Siscar, autor de la vida adjunta de D. Ant. Agustin. *Madrid, J. de Zuninga*, 1734, 2 tomes en 1 vol. in-4, d.-rel.

469. **Historia** Italiæ et Hispaniæ genealogica.... recensente J. W. Imhof. *Norimbergæ*, 1701, in-fol., blasons grav. sur bois, veau.

470. **Vindiciæ** Hispanicæ in quibus arcana regia, politica, genealogica, publico pacis bono luce donantur, auctore J. J. Chiffletio. *Antverpiæ, Plantinus*, 1645, in-4, non rel.

471. **Genealogiæ** viginti illustrium in Hispania familiarum, ordine alphabetico exhibitæ, iconibusque insignium exornatæ, opera J. W. Imhof. *Lipsiæ*, 1712, in-fol., blas. grav. sur bois., vél.

472. **Recherches** historiques et généalogiques des Grands d'Espagne..., avec leurs noms, leurs qualitez, leurs alliances, leur postérité, leurs armes et blazons..., par J. G. Imhof. *Amsterdam, Chastelain*, 1707, in-12, fig. de blasons, veau.

473. **J. W. de Imhof,** historische, genealogische, politische Nachrichten von denen Grands d'Espagne. *Bremen*, 1718, in-12, carte et blas. grav. sur bois, cart.

474. **Arragonensium** rerum commentarii, Hieron. Blanca auctore. *Cæsaraugustæ, L. Rubles*, 1588, in fol. blasons, grav. en bois, parch.

475. **Creacion**, antiquedad y privilegios de los titulos de Castilla que escrive et DD. Joseph Berni y Catala. *Valencia, en la imprenta particular del autor*, 1769, in-fol., portraits, cart. en toile.

Sur les marges, quelques additions manuscrites de la main de M. de Koch.

476. **Aparato** para la correccion y adicion de la obra que publico en 1769 J. Berni y Catala, con el titulo : Creacion, antiquedad y privilegios de los titulos de Castilla. ., escrito par Ant. Ramos. *Malaga*, 1777, in-fol., cart. en toile.

Notes marginales de la main M. de Koch.

477. **Advertencias** para reges, principes y embaxadores, por D. Chr. de Benavente y Benavides. *Madrid, T. Martinez*, 1643, in-4, frontisp., vel.

478. **Histoire** publique et secrète de la cour de Madrid, dès l'avenement du roi Philippe V à la couronne. *Cologne, P. le Sincère*, 1719, in-12, portraits, bas.

479. **Guya** de forasteros en Madrid, para el año 1797, 1839, 1853, 1854. *Madrid, Imprenta nacional*, 1839-54, 4 vol. in-18 et in-8, dont 2 br., 1 rel. et le dernier rel. en mar. r.. tr. dor. (Aux armes d'Espagne.)

480. **Nobiliaire** du Portugal, exécuté par M. de Koch, en 1843, d'après les ouvrages de Ant. Gaet. de Souza et P. de Souza de Castellobranco. 2 cahiers in-fol., avec un grand nombre de blasons.

481. **Nobiliaire** du Portugal, in fol., en cart., 54 planches dessinées par M. de K., avec souscription en allemand.

482. **Memorias** historicas e genealogicas des grandes de Portugal, por Ant. Caetano de Sousa. *Lisboa, Sylviana*, 1755, in-4, bl.s. grav., bas.

483. **Nobiliaire** de la Suède. Svea Rikes Ridderskaps och Adels Wapnbok, i koppar Stick. *Stockholm*, 1764, in-fol. (texte en français et en suédois), veau.

Nobiliaire d'une insigne rareté, avec 82 planches, sur chacune desquelles on a représenté de 20 à 30 blasons des différentes familles suédoises.

484. **Suecia** antiqua et hodierna. *Holmiæ*, 1693-1714, 3 vol. in-fol. fig., v. jasp.

Bel exemplaire du premier tirage. L'ouvrage, entrepris par le comte Dalberg (aux frais du roi de Suède), est rempli de *blasons suédois*.
Les planches, au nombre de plus de 350, ont été gravées par V. D. Aveelen, Le Pautre, Jean Marot, van Suidde, et autres.

485. **Nobiliaire** du Danemarc. Lexicon over adelige familier i Danmarck, Norge, og Hertugdomene. (Lettre H. à L). *Kioberhaven* (1784), 2 tomes en 1 vol. in-4, 25 pl., cart.

486. **Recueil** de blasons des grandes familles de la Hongrie et de la Pologne. In-fol., en carton.

37 planches, dont plusieurs en or et couleurs, dessinées par M. de Koch.

487. **Nobiliaire** de Pologne. In-fol., en carton.

Près de 300 planches de blasons dessinées avec souscriptions en latin ou allemand. Autographe de M. de Koch.

488. **Petri Royzii** Maurei Chiliastichon. *Cracoviæ, Laz. Andreæ*, 1557, pet. in-4, cart.

Petit volume de 30 feuillets imprimé en caractère de civilité, fort rare.
Il contient des poésies en honneur de familles polonaises nobles. On y remarque entre autres les noms : Dombrowski, Crasinski, Drevicki, Ossolinski, Czarnkowski' Tarnowski, Januski, Dzialinski, etc.

489. **Nobiliaire** de Pologne. Herbarz polski Kaspara Nieseckiego. S. J. Powickszoni dodatkami z. pozniejszych autorow, rekopismow, dowodow urzedowich, i wydany przez Jana Nep. Bobrowicza. *W. Lipsku.* 1839-1846, 10 vol. grand in-8°, blasons grav. en bois, d. rel. toile non rogn.

Tiré à petit nombre et publié à un prix très-élevé.

490. **Nowy** Kalendarzyk Polityczny, na rok przestepny 1823, 1828. *Warszawie*, 1823-28, 2 vol. in-32, cart.

491. **Notice** sur les principales familles de la Russie, par le prince Dolgorouky. *Bruxelles*, 1843, in-18, broch.

492. **Materialien** zu einer esthlændischen Adelsgeschichte, von A. W. Hupel. *Riga*, 1780, in-8, cart.

X. — DIPLOMATIQUE, CONNAISSANCE DES SCEAUX.

493. Dictionnaire raisonné de diplomatique, contenant les règles principales et essentielles pour servir à déchiffrer les anciens titres, diplômes et monuments, ainsi qu'à justifier de leur date et de leur authenticité, par Dom de Vaines, de la congrégation de Saint-Maur. *Paris*, 1774, 2 vol. in-8, fig. et fac-s., bas.

494. De re diplomatica libri VI, in quibus quidquid ad veterum instrumentorum antiquitatem, materiam, scripturam, quidquid ad sigilla, monogrammata, etc., illustratur. Opera D. J. Mabillon. *Parisiis*, 1709, Supplementum. *Parisiis*, 1704. 2 vol. en 1 in-fol., fig. et fac-sim., veau. (Aux armes.)

495. Dan. Eberhardi Baringii clavis diplomatica, specimina veterum scripturarum tradens alphabeta nimirum varia, medii ævi compendia scribendi, notariorum veterum signa perplura, etc., tabulis æneis expressa. Ed. IIa. Acc. Bibliotheca scriptorum rei diplomaticæ. *Hanoveræ*, 1754, in-4, fig., d.-rel., maroq. vert.

496. Bilder und Schriften der Vorzeit. (Les miniatures et ornements des anciens manuscrits), par U. F. Kopp. *Mannheim*, 1819-21, 2 vol. in-8, Grand nombre de fac-sim. et de fig. color., cart., non rog.

Le premier volume contient une dissertation historique sur la noblesse.

497. Alphabetum tironianum, seu notas Tironis explicandi methodus. Labore et studio D. P. Carpentier. *Lutetiæ Paris.*, 1747, in-fol., fig., v. (Aux armes de France.)

Pièces ajoutées.

498. Itinerarium der deutschen Kaiser und Könige, von Conrad dem Franken bis Lothar II, von E. Brinckmeier. *Halle*, 1848, in-8, br.

499. Allgemeine Schriftenkunde der gesammten Wappenwissenschaft, von C. S. Th. Bernd. *Bonn*, 1830-35, 3 tomes en 1 vol. in-8, cart.

Diplomatique pour déchiffrer les inscriptions des blasons, sceaux, etc.

500. Joannis Trithemii abbatis, libri Polygraphiæ VI, cum clave et observationibus Adolphi a Glauberg. *Argentinae*, 1600, pet. in-8, vél., tr. dor.

501. Catalogue analytique des archives de M. le baron de Joursanvault, contenant une précieuse collection de manuscrits, chartes et documents originaux, plus de **80,000**, concernant l'histoire de France, de la noblesse, et l'art héraldique. *Paris*, 1838. 2 vol. in-8, fac-sim., br.

502. Der gar zu gemein werdende alte und neue Betrug unter denen Reichsthalern, von M. Cuno. *Hamburg*, 1702-10, 3 vol. en un, in-8, gr. nombre de planches de monnaies, veau.

503. Die Siegel der deutschen Kaiser und Könige. *Frankfurt*, 1851, in-8, fig., broch. — Ausführliche Anleitung in Form und Farbe vollendet schœne Siegel darzustellen, von Dr. B. Bergmann. *Leipzig*, 1851, in-8, fig., cart.

504. Vollstændiges Braunschweigisches-Lüneburgisches Siegel-Cabinet. (*Braunschweig*, 1780), 7 part. en 1 vol. in-4, d. rel.

Publié par M. de Praun, avec envoi autographe de l'auteur.

505. Abhandlung über die Siegel der Araber, Perser und Türken, von Hammer-Purgstall. *S. l. n. d. (Vienne*, vers **1840**), gr. in-4, fig., broch.

506. Beitraege zur Siegelkunde des Mittelalters, von D. Eduard Melly. Erster Theil. *Wien*, **1846**, in-4, **12** planches, mar. rouge à comp., avec un ancien sceau répr. en bronze incrusté au plat, tr. dor.

Exemplaire sur papier fin, avec envoi autographe de l'auteur à M. de Koch.

507. Osservazioni istoriche di Domenico Mario Manni sopra i sigilli antichi de' secoli bassi. *Firenze*, **1739-82**, 30 tomes en 10 vol. in-4, fig., cart.

Collection importante devenue rare.

XI. — BIOGRAPHIE, BIBLIOGRAPHIE, MÉLANGES.

508. Les Césars de l'empereur Julien, traduits du grec, avec des remarques et des épreuves illustrées par les médailles et autres anciens monuments. *Paris, Denys Thierry*, **1683**, in-4, fig., mar. r. à comp., tr. dor.

Belle reliure ancienne.

509. Vie de l'empereur Julien, avec deux cartes géographiques pour l'intelligence des événements qui y sont rapportés. *Amsterdam*, **1735**, 2 vol. en un, pet. in-8, vél.

510. Biographie de la Moselle, ou histoire par ordre alphabétique de toutes les personnes nées dans ce département qui se sont fait remarquer par leurs actions, leurs talents, leurs écrits, etc. *Metz*, **1829-1832**, 4 vol. in-8, portr., cart., non rogn.

511. Vies des principaux savans de l'Allemagne qui ont été les restaurateurs du bon goût et des belles-lettres, par Meister. *Berne*, **1796**, pet. in-8°, portraits, cart.

512. Historia mulierum philosopharum, scriptore Æg. Menagio. *Amstelodami, Wetstenius*, **1692**, pet. in-8, bas. (Aux armes.)

513. Dissertatio de spuriis in ecclesia et re litteraria claris, auct. J.-A. Volmarus. *Vitebergæ*, **1748**, in-4, br.

Petit volume de 64 pages. Dans le nombre des *Spurii* figurent : Erasmus, Cardanus, Sleidanus, Ursinus, Scaligeri frates, Galiléo Galiléi, et d'autres.

514. J.-B. Menckenii de charlataneria eruditorum, cum notis variorum. Acced. epistola S. Stadelii de circumforanea literatorum vanitate. *Amstelodami*, **1716**, pet. in-8, cart., non rogn.

515. Iter (historico-litterarium) alemannicum, acced. italicum et gallicum Mart. Gerberti, abbatis Sti Blasii. Ed. IIe. *Typis San-Blasianis*, **1773**, in-8, fascim., v. (Aux armes.)

516. Joannes Gersen, abbas Vercellensis, auctor libri de Imit. Christi, iterum assertus a D. Rob. Quatremaires. *Parisiis, Billaine*, **1650**. — Dissert. cont. judicium de auctore librorum de Imitat. Christi. Auct. J. de Launoy. *Parisiis*, **1650**, 2 vol. en un, in-8, parch.

517. Johannis Georgii Grævii cohors musarum, sive historia rei literariæ, nec non historia bibliothecalis, accurante, Wolphedro van Bueren. *Trajecti, J. Van Poolsum*, **1715**, pet. in-8, front., vél.

518. Manuel typographique utile aux gens de lettres et à ceux qui exercent les différentes parties de l'art de l'imprimerie, par Fournier. *Paris*,

Barbou, 1764-1766, 2 vol. pet. in-8, fig., veau fauve, fil., tr. dor. (*De-ome*).

519. **De jure Bibliothecarum** dissert. acad. eruditis trutinandum exponit D. W. Berckmann. *Helmstadii*, 1702, pet. in-4°, 40 feuillets, non rel.

520. **Allgemeines** bibliographisches Lexicon, von Friedrich Ebert. *Leipzig, Brockhaus*, 1821-1830, 2 vol. in-4°, d.-rel., non rog.

Ouvrage dans le genre du *Manuel de l'amateur* de M. Brunet.

521. **Dictionnaire** des ouvrages anonymes et pseudonymes, composés, traduits ou publiés en français et en latin, avec les noms des auteurs, traducteurs et éditeurs; accompagné de notes historiques et critiques par M. Barbier. Seconde édition. *Paris*, 1822-1827, 4 vol. in-8, d.-rel.

522. **Bibliotheca** hispana vetus sive Hispanorum qui usquam unquamve scripto aliquid consignaverunt notitia. Auct Nic. Antonio. *Romæ*, 1696, 2 vol. en un, in-fol., bas. esp.

L'édition suivante n'a pas été complétement remplacée par celle-ci.

523. **Bibliotheca** hispana vetus, sive hispani scriptores qui ab Octaviani Augusti ævo ad annum 1500 floruerunt. *Matriti, Ibarra*, 1788, 2 vol. — Bibliotheca hispana nova, sive hispanorum scriptorum qui ab anno 1500-1684 floruerunt notitia. Auct. Nic. Antonio.— (Ed. curav. Perez Bayer, A. Sanchez, J.-A. Pelletier). *Matriti, Ibarra*, 1783-1785, 2 vol. En tout 4 vol., in-fol., bas. esp.

524. **G. F. de Franckenau**, Equit. Danic., bibliotheca hispanichistorico-genealogico-heraldica. *Lipsiæ*, 1724, in-4, veau f.

525. **Nova** scriptorum ac monumentorum collectio. Tomus I (et unicus); præter alia S. XVI. monum. S. Guichenoni bibliothecam Sebusianam et paridis de Crassis diarium complexus. Rec. C.-G. Hoffmannus. *Lipsiæ*, 1731, in-4.

Curieuses chartes sur la Savoie.

526. **Bibliotheca** sicula, sive de scriptoribus siculis qui tum vetera tum recentiora sæcula illustrarunt, notitiæ locupletissimæ; in qua non solum Siculorum qui ad hæc usq. tempora scrips., codices typis excusi, vel manuscripti, adnotantur, verum etiam eorundem patria, ætas, professio, obitus, epitaphia et., recensuntur. Auct. Ant. Mongitore, Panormitano. *Panormi*, 1708, 2 vol. in-fol., vél. (Le premier volume trèsmouillé dans la marge du bas.)

527. **Protypographie**, ou Librairies des fils du roi Jean, par J. Barrois. *Paris*, 1830, in-4, fig., d.-rel. mar. (Taché.)

Tiré à petit nombre et devenu rare.

528. **Catalogue** des livres de la bibliothèque du Conseil d'État, (par A.-A. Barbier). *Paris, de l'Imprimerie de la République*, an XI, in-fol., portr. ajouté, 2 vol. en un, in-fol., mar. rouge, dent., tr. dor. (Aux armes de France.)

Bel exemplaire en grand papier. Cette bibliothèque a été transportée au château de Fontainebleau en 1807.

529. **Catalogus** librorum officinæ Danielis Elzevirii. Designans libros qui ejus typis et impensis prodierunt, aut quorum alias copia ipsi sup-

petit et quorum auctio habebitur. *Amstelodami,* (*Elzeviors*), 1681, petit in-12, maroq. chocolat à comp. (Vogt de Berlin.)

> *Edition originale.* Exemplaire non rogné, vraisemblablement unique. Brunet, vol. I, col. 1653 et 1654.

530. **Œuvres** de Bernard Palissy, revues sur les exemplaires de la bibliothèque du roi, avec des notes par MM. Faujas de Saint-Fond et Gobert. *Paris, Ruault,* 1777, in-4, v. éc., fil.

XII. — ARBRES GÉNÉALOGIQUES ANCIENS ET DESSINS EXÉCUTÉS PAR M. DE KOCH.

531. **Arbres généalogiques** des XVIIe et XVIIIe siècles, *sur vélin,* avec blasons en or et couleurs, 66 pièces.

> On remarque dans cette collection les noms suivants : *Anhalt* (2). — *Bernstein* (sur papier). — *Bernstorff.* — *Maréchal de Biberstein.* — *Bothmer.* — *Brunswick* (2, dont un *très-beau, peint en huile* sur toile, avec une vue de la ville de Brunswick). — *Bulow.* — *Campen.* · *Carlowitz.* — *Diede zum Fürstenstein.* — *Princes de la Frise.* — *Grote.* — *Hanstein.* — *Hardenberg* (4). — *Hohenlohe* (2, dont un peint en huile sur toile). — *Holle.* — *Katt.* — *Kœnigstein.* — *Mecklenburg-Schwerin.* — *Münchhausen* (sur papier). — *Comte d'Oeynhausen.* — *Ortenburg.* — *Rehden* (2). — *Saxe* (2). — *Sayn-Wittgenstein* (2). — *Schleswig-Holstein* (2) — *Schmerzing.* — *Comte de Schulenburg.* — *Schwartzburg-Rudolstadt* (4, dont un peint à l'huile sur toile, avec une vue de Rudolstadt). — *Seckendorff* (3). — *Comte de Sinzendorf.* — *Solms* (2). — *Spiegel de Pickelsheim.* — *Stammer.* — *Stein* (4). — *Stockhausen.* — *Thanne.* · *Veltheim.* — *Waldeck.* — *Winterfeld.* — *Wœllwarth.* — *Wolframsdorf.* — *Wolzogen* (2). — *Wurtemberg* (2).

Notices généalogiques de la main de M. de Koch, blasons gravés et dessinés (en partie rehaussés d'or et de couleurs); arbres généalogiques dessinés et imprimés, etc., cartouches imprimés pour y dessiner des blasons, etc., etc.

> Presque toutes les pièces, très-bien peintes, sont sur beau VÉLIN, d'une valeur intrinsèque (au poids) de plus de 200 fr.
> La collction sera vendue *en bloc* sur la mise à prix de 460 fr.

XIII. — SCEAUX ET CACHETS.

532. **Collection de sceaux et cachets originaux en cire, environ 100,000 pièces,** avec indication du nom des familles, et quelques Notices généalogiques formant un **Nobiliaire universel** de l'Europe. — Les sceaux et cachets sont en général collés dans des boîtes minces de carton et de bois blanc. Nous regrettons de ne pas avoir le temps de donner une description exacte de cette collection unique, les notices suivantes ne pouvant donner qu'une idée très-imparfaite des richesses qu'elle renferme.

> Cette collection peut convenir à une institution publique, à un amateur, ou à une personne qui veut établir un cabinet héraldique.
> Elle sera vendue *en bloc sur la mise à prix de* 3,600 fr.
> M. de Koch a voué une grande partie de son existence pour former cette collection, et il y a engagé *un capital de plus de* 11,000 fr.

Allemagne. Empereurs et anciens ducs d'Autriche. **1357-1848**, **221** pièces.

> Charles IV, vers 1360. —— Rudolphe IV (duc d'Autriche), 1362, beau sceau en cire rouge. — Albert II (duc), 1357, beau sceau en cire jaune. — Léopold III (duc), 1382, grand sceau en cire jaune. — Maximilien I, 4 grands sceaux en cire et un en reproduction moderne. –– Charles V, beau sceau en cire rouge. — Ferdinand I, 8 pièces. — Mathieu, 2 (dont un en cire), etc., etc. Suite remarquable.

—— Anhalt, à partir de **1275**, ensemble **215** pièces, dont **24** (en parti e très-anciennes) en cire de différentes couleurs.

—— Bade, **112** pièces, dont **11** en cire rouge.

—— Bavière, **112** pièces, dont **10** en cire.

—— Brunswick (ducs de), à partir de **1175** jusqu'à nos jours.

> Collection unique, composée de 66 sceaux en cire (Henri le Lion, etc.) et de 306 empreintes des cachets de tous les princes de la maison ducale.

—— Hesse, **252** pièces, dont plusieurs du XVIe siècle, en cire.

—— Margraves de Brandebourg et rois de Prusse, **116** pièces, dont **2** en cire.

—— Princes de l'Église : électeurs, archevêques, évêques, ordres, chevaliers, etc.

> Augsbourg, 5 p. – Bamberg, 17 p. — Basle, 11 p.— Berchtoltsgaden, 3 p.— Brême, 3 p. — Breslau, 4 p. — Brixen, 7 p. — Chiemsee, 1 p. — Chur, 4 p. — Constance, 8 p. – Corbie, 15 p. — Eichstadt, 8 p. — Ellwangen, 1 p. — Essen et Thorn, 7 p. — Freisingen, 12 p. — Fulda, 15 p. — Gandersheim et Quedlinbourg, à partir de 1426, 27 p., dont 11 en cire. — Gurk, 3 p., dont 2 en cire rouge (un très-beau, 1438). — Halberstadt, à partir de 1400, 9 grands sceaux en cire. — Herford, 13 p. — Hildesheim, à partir de 1452, 22 p., la plupart en cire. — Kempten, 2 p. — Liége, 3 p. — Lubeck, à partir de 1470, 8 p. — Magdebourg, à partir de 1450, 6 grands sceaux en cire. — Mayence, 32 p. (dont un grand en cire). — Meissen, 2 p. en cire. — Minden, 5 p. — Munster, 10 p., dont 5 en cire. — Murbach et Luders, 4 p. — Ochsenhausen, 1613, 1 p. — Olmutz, 5 p. — Ordre Teutonique, 18 p. (dont un grand en cire). — Ordre de Saint-Jean, 3 p — Osnabruck, 6 p. — Paderborn, 15 p. — Passau, à partir de 1381, 24 p. — Prague, 3 p. — Ratisbonne, 1 p. — Salzbourg, 10 p. — Spire, 9 p. — Stablo, 4 p. — Strasbourg, 4 p. – Trèves et Cologne, à partir de 1415, 57 p. — Trient, 5 p. — Vienne, 4 p. — Werden et Helmtædt, 5 p.— Wurzbourg, 8 p.

—— Saxe. Ligne Albertine, à partir de **1513**, **103** pièces, dont plusieurs en cire.

—— Saxe. Ligne Ernestine, **238** pièces.

—— Wurtemberg, **188** pièces.

—— Princes régnants et non régnants : Lippe, Nassau, Mecklenbourg, Schwarzbourg, Reuss, etc.; ensemble **1308** pièces, dont plusieurs très-anciennes en cire de différentes couleurs.

—— Archevêchés, évêchés, abbayes, ordres religieux, universités, administrations, etc.; **383** pièces collées dans une boîte.

—— Anciens comtes, à partir de **1200**, 66 sceaux en cire de différentes couleurs (12 en reproduction moderne).

—— Comtes libres, **215** pièces.

—— Comtes, **4,397** pièces.

—— Noblesse de l'Allemagne et de la Prusse, y compris la Silésie et les États héréditaires de l'Autriche, **6,062** pièces collées en **8** grandes boîtes imitant des volumes reliés in-fol.

France. Rois et leur famille , à partir de Charles IX, **150** pièces (Marie-Antoinette, duc de Berry, etc.).

—— Famille Napoléonienne, **49** pièces.

—— Ducs , **367** pièces.

—— Comtes , marquis, archevêques , évêques, etc., **2249** pièces.

—— Dynastie Napoléonienne : ducs , comtes, marquis, etc., **330** pièces.

Angleterre. Rois et famille des rois, **128** pièces, à partir de 1339 jusqu'à nos jours. — Henry of Lancaster, **1339**, en cire rouge. — Charles Ier Charles II, etc.

—— Ducs, **88** pièces.

—— Marquis et comtes, **1,331** pièces.

Pays-Bas. Anciennes maisons régnantes : Jeanne de Lorraine et de Brabant, **1357**, cire verte. — Philippe , duc de Bourgogne , **1450**, cire verte (très-beau sceau). — Guillaume d'Egmont, comte de Gueldres , **1451**, cire rouge. — Comte d'Artois, **1530** , cire rouge.

—— Maison d'Orange, **58** pièces.

—— Roi de Belgique , **1** pièce.

—— Princes : Albert de Ligne , vers **1650**, cire rouge , plus **81** pièces (Croy, d'Aremberg, etc.).

—— Comtes et marquis, **452** pièces.

Italie. Rois de Sicile, Sardaigne, ducs de Toscane, Parme, etc., **63** pièces.

—— Princes et cardinaux, **518** pièces, dont un grand nombre de pièces anciennes. On y trouve aussi une empreinte moderne (l'original a disparu à Florence) du grand sceau gravé par Benvenuto Cellini pour le cardinal de Médicis.

— — Comtes, marquis, archevêques, évêques, etc., **1686** pièces.

Espagne. Rois et princes du sang : Philippe II, grand sceau en cire rouge. — Albert d'Autriche et Elisabeth d'Espagne, cire rouge , etc., etc., **33** pièces.

—— Grandes Titulados , **272** pièces.

Portugal. Rois de Portugal et empereurs du Brésil, **18** pièces.

—— Ducs , marquis, comtes, etc., **159** pièces.

Suède. Rois et princes de leurs familles , à partir de **1560**, **68** pièces. — Erich XIV, Jean III, Sigismond de Pologne , Gustave-Adolphe , Charles XII , etc.

—— Comtes et barons , **903** pièces.

—— Noblesse , **636** pièces collées en **2** boîtes imitant des reliures de volumes in-fol.

Danemark. Rois et princes du sang, à partir de **1650**, **56** pièces.

—— Comtes , barons, etc., **441** pièces.

Hongrie et **Transylvanie**. Rois, **4** pièces. — Marie, fille d'Etienne Ier, vers **1320**, cire rouge. — Charles, vers **1330**, cire rouge, etc.

—— Princes et comtes, **388** pièces.

—— Noblesse, **244** pièces collées dans une boîte imitant un volume relié in-fol. (avec table manuscrite).

Bohême. Rois, 2 pièces. — Georges Podiebrad, vers 1460 (épreuve moderne). — Frédéric (roi d'hiver), 1621.

Pologne (Rois de) et ducs de Courlande, 97 pièces. — Ladislas IV, Sigismond-Auguste, Jean-Casimir (cire rouge), Stanislas Leczinski, etc.

—— Princes, **148** pièces.

—— Comtes, **363** pièces.

—— Noblesse, **338** pièces collées dans une boîte imitant un volume relié in-fol.

Russie. Empereurs, 36 pièces.

—— Princes, **285** pièces.

—— Comtes, barons, etc., 745 pièces.

Grèce. Otto Ier, 1 pièce.

Noblesse des différents Etats de l'Europe, 7,740 pièces.

Enorme quantité de sceaux, cachets (anciens et modernes), reproductions d'anciens sceaux en bronze, cire, plâtre, etc. La plupart avec noms écrits de la main de M. de Koch, en boîtes, collés sur carton, etc.

Publications de la Librairie TROSS :

ARCHIVES DE L'ART FRANÇAIS

RECUEIL DE DOCUMENTS INÉDITS RELATIFS A L'HISTOIRE DES ARTS EN FRANCE

publié sous la direction de M. A. de MONTAIGLON.

DEUXIÈME SÉRIE. — VOL. Ier. COMPLET.

Les pages 1 à 142 contiennent : IEAN DE PARIS, peintre et valet de chambre des rois Charles VIII, Louis XII et François Ier; documents sur les travaux de cet artiste pour la ville de Lyon (1483-1528); publié par M. F. Rolle. — Les pages 143 à 162, la correspondance du peintre Charles Le Brun et du grand-duc Cosme de Médicis, extraite des archives de Florence et annotée par M. Louis Passy. — *La suite contient :* Actes de l'état civil relatifs à la famille des Vernet, extraits des registres des paroisses d'Avignon, Bordeaux et Paris, par M. Léon Lagrange. — Jean Warin de Liége, document communiqué par M. Paulin Richard, etc., etc.

Prix d'abonnement pour Paris. . . . . . 10 fr.
Pour la province. . . . . 11 fr.

NOTICE HISTORIQUE ET BIOGRAPHIQUE

SUR

JEAN PÈLERIN DIT LE VIATEUR

CHANOINE DE TOUL,

Et sur son livre : *De artificiali perspectiva*,

Par Anatole DE MONTAIGLON.

Du format in-folio (pour être ajouté à la publication suivante) . . 10 fr.

VIATOR. DE ARTIFICIALI PERSPECTIVA

PINCEAUX, BURINS, ACUILLES, LICES. — PIERRES, BOIS, METAULX.
ARTIFICES.

IMPRESSUM TULLI, ANNO 1509,

Solerti opera Petri Jacobi presbyteri, incole pagi Sancti Nicolai.

AVEC UNE NOTICE SUR LA VIE ET OEUVRES DE L'AUTEUR.

Un volume in-folio gothique reproduit (à l'exception de la notice, en caractères mobiles) par le procédé de M. Pilinski. — Reliure à l'anglaise.

Tiré à 100 exemplaires sur papier vergé, à 60 fr.

    12   —   sur papier vélin anglais (Whatmann), à 75 fr.

    4   —   sur peau de vélin, à 300 fr.

Ces quatre derniers exemplaires sont tirés sur un vélin imitant celui du XVe siècle, et fabriqué spécialement pour cette édition de Viator, par M. Bartholmé, à Augsbourg.

Cet ouvrage est remarquable par les belles gravures dont il est orné.

C'est le premier livre français qui ait paru sur les arts du dessin et de la perspective. Quoique publié en Lorraine, en 1509, il est essentiellement français. L'auteur est Angevin, et tous les monuments qu'il reproduit appartiennent à la France, et même en grande partie à Paris. Nous citerons entre autres : l'intérieur de Notre-Dame, la salle des Pas-Perdus, la salle du Parlement, la Sainte-Chapelle.

Viator (Pellerin), venu à Toul vers 1500, a été chanoine de la cathédrale de cette ville. M. Beaupré, conseiller à la cour de Nancy, a bien voulu nous donner, sur la vie de cet auteur, des détails intéressants qu'on trouvera dans la notice qui vient de paraître.

Cette importante publication est d'un grand intérêt pour les Architectes, Archéologues, Peintres, Sculpteurs, Amateurs de livres rares, et pour toutes les autres personnes qui s'occupent de l'histoire de l'art français.

L'édition a été tirée, comme on le voit, à petit nombre. Les exemplaires ont été numérotés à la presse.

Histoire de l'invention de l'Imprimerie par les monuments. *Paris, de l'imprimerie de la rue de Verneuil,* 1840, gr. in-4, fig. en bois et *fac-simile,* br. **12 fr.**

On remarque dans cette publication importante, et tirée à un nombre restreint d'exemplaires, des *fac-simile* de Donat, de la Bible de 36 lignes, des lettres d'indulgence de 1454, etc., *imprimés en caractères mobiles.*

Quant aux illustrations modernes, nous citons les grandes planches de J. J. Granville, A. Schroedter de Dusseldorf, G. Seguin, Etex, et autres ; toutes sont des chefs-d'œuvre.

Les bois qui ont servi à l'illustration de cette publication ont *été détruits immédiatement après le tirage ;* chaque exemplaire en fournit la preuve au moyen d'un feuillet placé à la fin et tiré sur les fragments des bois brisés.

4421 — Paris, imp. de Ch. Jouaust, 338, rue S.-Honoré.

BIN TRAVERLER FORM

Cut By: Yerly #7 **Qty** 56 **Date** 08.12.26

Scanned By: **Qty** **Date**

Scanned Batch ID's

Notes / Exceptions